DREAMBOOKS★

Bayil
&
The World Tree

정령의 펜던트

발렌 판타지 장편소설

ORIGINAL FANTASY STORY & ADVENTURE

dream
books
드림북스

정령의 펜던트 21 인어국의 초청

초판 1쇄 인쇄 2022년 4월 8일
초판 1쇄 발행 2022년 4월 25일

지은이 발렌
발행인 오영배
편집 편집부
일러스트 보살
표지 · 본문 디자인 오정인
제작 조하늬

펴낸 곳 (주)삼양출판사 · 드림북스
주소 서울시 강북구 도봉로 173
대표 전화 02-980-2112 **팩스** 02-983-0660
편집부 전화 02-987-9393 **팩스** 02-980-2115
블로그 blog.naver.com/dreambookss
출판등록 1999년 3월 11일 제9-00046호

ISBN 979-11-283-7155-4 (04810) / 979-11-283-9513-0 (세트)

드림북스는 (주)삼양출판사의 판타지 · 무협 문학 브랜드입니다.

21

발렌 판타지 장편소설

ORIGINAL FANTASY STORY & ADVENTURE

인어국의 초청

정령의 펜던트

dream books
드림북스

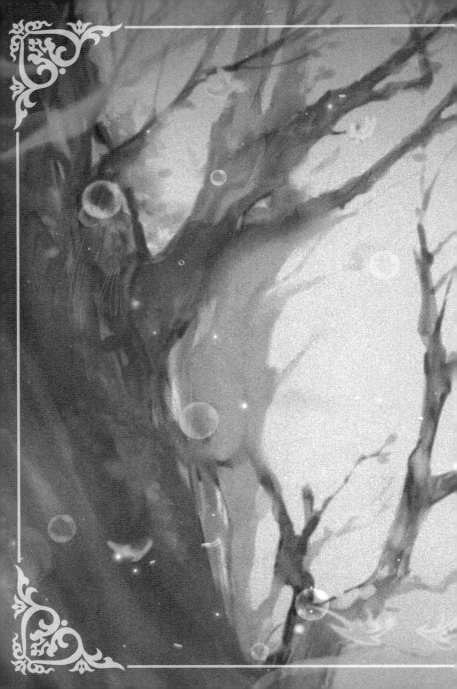

목차

Chapter 1 베르가라에 드리운 암운   007

Chapter 2 의혹   033

Chapter 3 드러나는 음모   059

Chapter 4 괴물 치료사   095

Chapter 5 마지막 발악   121

Chapter 6 공개 연애   169

Chapter 7 합체   195

Chapter 8 격한 해후   231

Chapter 9 태양의 심장   255

Chapter 10 소풍   279

Chapter 1.
베르가라에 드리운 암운

1.

달이 보이지 않는 밤이었다. 란데르트 공작은 기차가 중앙역에 서자마자 황궁을 향해 달렸다. 최소한의 수행원만 대동한 채 무서운 속도로 대로를 질주하는 공작의 표정은 무겁게 가라앉아 있었다.

"프리실라 황태후 마마께서 며칠째 의식 불명 상태라고 하십니다."

베르가라에서 급보로 날아온 전갈을 듣는 순간, 세계수 아래에서 낮잠을 즐기고 있던 란데트르 공작의 평안한 일상은 무참히 깨졌다.

뒤이어 전해진 린데만 황태자의 구금 소식은 잠시 벗에 대한 걱정으로 멍해졌던 공작의 정신을 일순간에 현실로 복귀시켰다.

지체할 시간이 없었다.

이건 함정이자 덫이었다.

린데만 황태자가 카트린느 황비와 그녀의 아들을 해치려 하였다니. 그를 아는 이들이라면 아무도 믿지 않을 헛소리였다.

기사도를 무엇보다 중시하는 황태자가 여인과 아기에게 그랬을 리 없다. 설령 진정 그런 행동을 한다 해도, 그 어디보다 눈과 귀가 많은 황궁이란 장소에서 일을 치를 만큼 그는 어리석은 사내가 아니었다.

그러나 현재 다수의 목격자가 나왔고, 그로 인해 린데만은 황태자란 신분에도 불구하고 옥에 갇히는 수모를 겪어야만 했다.

아들의 심성을 누구보다 잘 아는 황제가 그런 선택을 했다는 건 증거가 명백하다는 뜻일 터.

지금쯤 어디까지 조사가 진행되었을까.

연락을 받고 황도로 오는 데만 꼬박 사흘이 걸렸다. 그 사이 상황이 얼마나 더 악화되었을지, 현재로선 공작도 알

길이 없었다.

'하나 진실은 반드시 밝혀질 것이다.'

상대는 작정하고 금번 사태를 일으켰다. 그런 만큼 사건 해결을 하는 과정이 녹록지는 않겠지만, 그 역시 호락호락한 편은 아니었다.

"이럇!"

고삐를 쥔 란데르트 공작의 손아귀에 힘이 들어갔다.

급한 마음 때문이었을까.

그와 수하들 간의 거리가 점점 벌어졌다.

태양에 달이 완전히 가려진 어두컴컴한 밤.

황궁 베르가라에 거대한 암운이 드리우고 있었다.

2.

입궁한 공작은 프리실라 황태후의 처소부터 찾았다. 황태후의 위중한 상태를 대변하듯 경비가 매우 삼엄했다. 그를 막아서는 이들은 없었으나, 그렇다고 경계 태세를 늦추지도 않았다.

"라, 란데르트 공작님!"

공작을 맞이한 건 얼굴이 눈물로 범벅이 된 그레이스 황녀였다. 주름진 황태후의 손을 양손으로 꼭 그러쥔 채 신께 기도를 올리던 그녀가 급히 눈가를 훔치며 벌떡 일어났다.

"그레이스 황녀 전하."

공작은 짧게 예를 올린 후 바로 침상으로 다가갔다. 그리고 힘없이 창백하게 늘어진 벗의 모습에 신음하며 눈을 감았다.

맥이 너무나 약했다. 굳이 손을 대어 보지 않아도 느낄 수 있었다. 그의 오랜 벗은 겨우 호흡하며 버티는 중이었다.

"…의식이 전혀 없으신 겁니까?"

만약을 대비해선지 신관이 곁에 대기하고 있었다. 란데르트 공작이 묻자 사제는 송구하다는 듯 고개만 숙일 뿐이었다.

"아주 잠깐이라도 의식을 차리신 적이 단 한 번도 없습니까?"

재차 묻는 사다드의 음성에도 사제는 말을 아꼈다.

"갑자기 어쩌다가 이리되신 것입니까? 신은 아직 상세히 듣지 못하였습니다."

한참을 프리실라 황태후를 내려다보던 공작이 그레이스 황녀를 향해 곧은 시선을 들었다. 늘 그의 앞에서 얼굴을 붉히며 수줍게 미소 짓던 어린 황녀는 그사이 다른 사람이라도 된 것 같았다. 파리한 안색과 야윈 몰골이 그녀가 현재 얼마나 심란한지를 짐작게 했다.

"저도…… 흑, 잘 모르겠어요. 할마마마께서 건강이 위태롭다는 기별에 달려왔는데, 제가 도착했을 땐 이미 의식이 없는 상태셨어요."

당시를 떠올리자 그레이스는 다시금 두 눈에 물기가 차올랐다.

"주변에선 아무도 제대로 말해 주지 않아요. 할마마마를 모셨던 시녀들에게 물어보고 싶어도 모두 옥에 갇히는 바람에…… 흐흑!"

"그러고 보니……."

사다드는 그제야 실내로 들어서면서 느꼈던 묘한 이질감의 정체를 알아차렸다. 그가 주위를 빙 둘러보고는 공작에게 가까이 다가가 말했다.

"전부 새로운 자들로 바뀌었습니다."

황태후의 안부를 먼저 살피느라 미처 발견이 늦었다. 하나 공작의 기민한 눈초리는 그레이스의 말이 끝나기도 전에 이미 주변을 훑고 있었다.

"할마마마가 쓰러진 것에 대로하신 아바마마께서 모조리 옥에 가두라 명하셨습니다. 할마마마를 제대로 보필하지 못한 죄로 말이죠."

그녀의 말투는 꼭 황제의 잘못을 공작에게 고자질하는 듯했다. 할마마마의 병세가 위중한 이런 상황에 그녀의 곁을 낯선 이들로 채워 버린 아비의 처사를 원망하는 것이었다.

란데르트 공작과 사다드는 입을 다문 채 눈빛을 주고받았다. 그들 생각도 그레이스 황녀와 다르지 않았기 때문이다.

게다가 그들이 아는 한 이 같은 처분은 황제의 방식이 아니었다. 그는 대단한 효자까지는 아니더라도, 어머니를 존중하는 아들이었다.

의식을 잃은 모친 곁을 그녀의 수족이 아닌 새로운 이들로 채운 데에는 필시 다른 이유가 있을 터였다.

"란데르트 공작님! 공작님께서 아바마마께 말씀 좀 해 주시면 안 될까요? 시녀들도 그렇고, 오라버니도 얼른 그 감옥에서 빼 달라고 제발 아바마마께 청을 올려 주세요! 네?"

그레이스 황녀가 눈물이 그렁그렁한 채 공작에게 애원했다.

갑작스레 쓰러지신 할머니에, 말도 안 되는 죄목으로 옥에 갇힌 오라버니까지. 그녀는 정말이지 이대로 가다간 미칠 것만 같았다.

"제 말은 안 들으세요. 어마마마 말씀도 그렇고요. 오라버니를 만나지도 못하게 하신다고요. 크흑!"

그래서 더 무섭고 불안했다. 정말로 제 오라비가 잘못되기라도 할까 봐서. 이런 강렬한 두려움은 그녀 생애 처음이었다.

"황태자 전하께서 옥에 갇히신 연유에 대해선 자세히 아시는 것이 있으십니까?"

"오라버니가 카트린느 황비와 카를을 죽이려고 했다던데, 그게 사실일 리가 없잖아요! 카를이 배다른 동생이라서요? 하지만 그건 저도 같은걸요? 오라버니는 저를 단 한 번도 남처럼 대한 적이 없다고요."

뿐인가.

철없이 구는 자신의 무수한 말과 행동에도 늘 져 주기만 하던 마음씨 넓은 착한 오라비였다.

"그리고 카를이 궁금하고 보고 싶어서 오라버니랑 몇 번이나 찾아갔었는데, 그걸 거부한 건 카트린느 황비였어요. 별별 핑계를 다 대면서 우릴 만나 주지도 않았다고요."

그레이스에겐 처음으로 생긴 동생이었다. 그래서 예뻐해 줄 작정이었건만, 그걸 내친 것은 황비였다.

"오라버니가 절대 그랬을 리 없어요. 제가 직접 물어보고 싶은데, 아바마마께서는 조사가 끝날 때까지 아무도 만날 수 없다셨어요. 화가 많이 나신 건 이해하지만, 오라버니는 그래도 황태자인데…… 어떻게 아바마마께선 그리도 차가우신지…….”

그레이스도 제 아비가 카트린느 황비와 새로운 황자를 얼마나 귀히 여기는지 알고 있었다. 자신에겐 아무 말씀 없으시지만, 그로 인해 황후인 제 모친이 힘들어하는 것까지도.

하지만 아버지라서, 하나뿐인 딸이라며 저를 누구보다 아껴 주던 분이라서 이해하려고 했다.

그런데 이제 그 마음에 균열이 생겼다. 오라비를 옥에 가두고, 생사 고비를 눈앞에 둔 할머니를 팽개친 채 어린 부인과 새 아들에게만 신경을 쓰고 있는 부친이 미워지려 했다.

“폐하께선 지금 어디 계신가?”

벗의 상태를 확인했으니 다음은 린데만 황태자에게 가볼 참이었다. 하지만 황제의 허락 없이는 그럴 수 없다 하니 순서를 좀 바꿔야겠다.

“카를 황자 전하의 상처가 좀처럼 낫지를 않으셔서 근래엔 계속 카트린느 마마의 처소에 머물고 계십니다.”

새로운 시녀 중 가장 나이가 지긋해 보이는 여인이 허리를 숙이며 고했다.

"상처라니? 설마, 황태자 전하께서 그리했다는 건가?"

"…저는 모르옵니다."

그러나 한 박자 늦게 대꾸했다는 건 긍정이나 다름없었다.

"어디를 얼마나……."

"란데르트 공작 전하. 소인, 들어가겠습니다."

놀란 사다드가 시녀에게 더 물으려 할 때였다. 밖에서 익숙한 목소리가 들려왔다. 이어 문이 열리고 들어온 자는 일행에게 매우 반가운 인물이었다.

현재 베르가라 내부의 상황을 가장 잘 설명해 줄 수 있는 사내. 린데만 황태자를 보필하는 시종, 가드너였다.

3.

란데르트 공작과 사다드는 가드너와 함께 황궁에 위치한 그의 집무실로 향했다. 자정이 넘은 시각임에도 궁의 많은 곳에 불이 켜져 있었다. 궁궐의 어수선한 상황도 상황인 데다, 금번 사태로 현재 제국의 대신들이 대거 입궁했기 때문이다.

죄의 유무에 따라 황태자의 폐위를 논의해야 할 수도 있을 만큼 심각한 사안이었다. 예상은 했다만, 소리 없는 암투와 견제가 벌써부터 베르가라를 들쑤시고 있었다.

"란데르트 공작 전하, 이것은 모함입니다! 황태자 전하께선 절대 황비 마마와 카를 황자 전하를 시해하려 하지 않으셨습니다!"

가드너는 제 공간에 도착하자마자 억울함을 금할 수 없다는 듯 토로했다.

"가드너."

"예, 공작 전하."

"나 또한 린데만 황태자 전하께서 그러실 분이 아니라는 건 알고 있네. 어쩌다 보니, 혹은 계략에 의해 휘말리신 것이겠지."

"예! 예! 맞습니다!"

가드너는 공작이 자신의 편을 들어 주자 반색하며 연신 고개를 주억였다.

이제야 살 것 같았다. 자신에게 무슨 일이 생기면 무조건 란데르트 공작을 찾으라던 주인의 말이 비로소 이해되는 순간이었다.

"그러니 아는 대로 이야기해 보게나. 어쩌다 그리된 건가?"

"그것이, 사실 황태자 전하께서는 사제 하나를 찾다가

황비궁까지 가게 되신 것입니다."

"사제?"

뜬금없는 인물의 등장에 공작이 미간을 좁히자 가드너가 재빨리 덧붙였다.

"황태후 마마의 옥체를 살피던 이였습니다."

"마마께서 의식을 잃으시기 전에 말인가?"

"예. 그 사달이 나던 날, 검술 훈련을 막 끝내신 황태자 전하께선 전날 밤 황태후 마마의 꿈을 꾸셨다면서 한번 궁에 들러야겠다고 하셨습니다. 그리곤 예고도 없이 방문을 하셨는데, 마침 그때 마마께선 신성력 치료를 받고 계셨습니다. 한데 도중에 무슨 문제라도 생긴 건지, 황태후 마마께서는 덜덜 떨고 계셨습니다."

가드너는 당시를 생각하자 오한이 들 것만 같았다.

실내엔 프리실라 황태후와 시녀 둘, 그리고 신관까지 해서 그들 여섯이 전부였다. 사제는 돌발 사태에 당황한 듯 어찌할 바를 몰라 했고, 놀란 시녀들은 '마마님!'만 외쳐대고 있었다.

주인의 명으로 도움을 요청하러 뛰어나가기 전, 가드너가 마지막으로 본 것은 사제를 밀치며 황태후의 몸을 급히 주무르는 황태자의 모습이었다.

그리고 그가 다른 신관들과 함께 다시 돌아왔을 땐 황태후는 이미 의식 불명이었고, 망연자실하던 황태자는 어느새 사라져 버린 사제의 행적을 수소문하고 있었다.

"직접 그 사제를 찾아 궁 내부의 신전을 뒤지시던 황태자 전하께서는 웬 시체를 발견하셨습니다. 알고 보니 그가 자결을…… 했더군요."

"그러니까 실수로 황태후 마마를 의식 불명에 빠뜨린 사제가 도망 후 스스로 목숨을 끊었다, 이 말씀인가요?"

"맞습니다."

사다드의 정리에 가드너가 순순히 고개를 끄덕였다.

"그런데 갑자기 황비궁은 왜 가신 겁니까?"

이야길 듣긴 했지만, 사제와 황비궁 간의 연결 고리를 찾긴 어려웠다.

"자결한 사제에 대해 알아보던 중에, 그가 황비궁에 몇 번 드나든 적이 있다는 정보를 입수했습니다. 그래서 혹시 작은 단서라도 얻을까 해서 찾아가셨던 것입니다."

"자네도 함께 말인가?"

"저는 안에 들어가진 못했습니다. 아시지 않습니까? 카트린느 황비 마마께서 궁에 아무나 들이지 않으시는 거. 황자 전하를 낳으시고는 더욱 심해지셨지요. 그날도 황태자 전하의 강력한 요청이 아니었으면 거절하셨을 겁니다."

"그 말은 자네 역시 현장을 직접 목격하지는 못했다는

것이군."

"예, 공작 전하."

"잠깐. 그럼 목격자라는 건 전부 황비궁의 사람이라는 겁니까?"

어이없다는 듯 사다드의 눈매가 일그러졌다.

홀로 황비궁에 들어선 황태자.

그리고 그가 그곳에 간 이유는 황태후를 의식 불명에 빠뜨리고 자결한 한 명의 사제 때문이다.

대관절 그 안에서 무슨 일이 벌어졌던 것일까?

무언가를 깊이 생각할 때면 늘 그렇듯, 란데르트 공작의 푸른색 눈동자가 고요하게 침전했다.

그렇게 얼마나 지났을까.

가드너를 물린 후로도 한참을 더 말없이 앉아만 있던 란데르트 공작이 이내 결정을 내렸다.

"당장 황태자 전하를 뵈어야겠네. 지금으로선 그게 먼저야."

그에게 직접 문제의 그 날에 대해 들어야 해결의 방향이 잡힐 것 같았다.

"폐하께서 허락하시겠습니까? 그 누구의 접촉도 금하라 명하셨다고 하던데요."

공작이 상념에 잠긴 사이 사다드는 궁인들을 통해 대충

흘러가는 상황을 파악하고 돌아왔다.

"폐하의 진노가 예상보다 훨씬 크신 듯합니다. 전대미문의 사건인 탓도 있지만, 아무래도 카를 황자의 부상 회복이 더딘 것이 제일 결정적인 이유인 것 같습니다."

"어디를 얼마나 다쳤다고 하던가?"

"목과 어깨가 이어지는 쇄골 부근에 손톱만 한 크기의 자상이 생겼다더군요. 조금만 더 깊숙이 들어갔다면 목숨이 위험할 뻔했다고 합니다."

카를 황자는 아직 한 살도 꽉 채우지 못한 어린 아기였다. 그 작은 몸에 급소 부위를 다쳤으니 황제가 얼마나 놀라고 화가 났을지 능히 짐작이 간다.

갓 태어난 아들이 자신을 쏙 빼닮았다며 대전 회의 때마다 자랑을 늘어놓던 황제가 아니던가.

근래 들어 어린 황비와 늦게 본 막둥이에 대한 애정이 최고치를 경신하고 있었다.

"카트린느 황비는 괜찮은가?"

"팔 한쪽을 검에 조금 스쳤다고 하던데, 다행히 그건 신성력 치료로 금세 아문 모양입니다."

"둘 다 황태자 전하께서 그런 것이고?"

"예, 일단은요."

"흐음, 근데 조금 이상하군."

란데르트 공작의 고개가 모로 기울어졌다.

"사고가 있은 지 일주일은 더 지났는데, 어째서 차도가 없는 거지? 아무리 어린 아기여도 손톱만 한 크기의 자상이라면 지금쯤 낫는 것이 정상 아닌가?"

그들이 발을 딛고 있는 이곳은 제국의 황궁이었다. 궁에는 신전만 여러 개였고, 신성력 치료가 가능한 사제들 또한 상당수 존재했다. 능력이야 말할 것도 없었다.

필시 많은 사제가 카를 황자를 살폈을 것인데, 아직까지 회복하지 못한 이유가 무엇이란 말인가.

"저도 그 점이 기이하기는 했습니다만, 선천적으로 몸이 약한 게 아닐까요? 카를 황자가 약골이란 얘기는 듣지 못했지만요."

"그건 적절한 이유가 되지 못해."

공작은 턱을 괴며 낮게 뇌까렸다.

"신성력 치료가 통하지 않는 경우가 가끔 있지."

"예?"

"전쟁터에선 꽤 자주 접했지 않나. 자네도 알 텐데?"

란데르트 공작이 실눈을 뜨며 쳐다보자 사다드가 기다렸다는 듯 대답했다.

"물론입니다. 사특한 저주에 걸렸다거나, 마족과 계약한 자들 말씀이시죠. 그런데 지금 그 얘기를 꺼내시는 건……

설마, 공작 전하께선 카를 황자가 저주에 걸리셨다고 생각하시는 겁니까? 아니면 마족과 계약을 했다거나?"

"아니, 그것 말고 다른 하나가 더 있네."

"다른 하나라니요?"

"흑마법. 흑마법에 지배당하는 자들 역시 반발력으로 인해 신성력을 아무리 쏟아부어도 듣지를 않지."

"그건 그렇지만…… 흑마법사는 현재 제국에서 거의 찾아볼 수 없습니다. 파괴력과 살상력이 높아서 한때 유행을 하기도 했지만, 익히기도 까다롭고 무엇보다 신체에 변형이 오는 부작용 때문에 점점 사라지지 않았습니까?"

십년전쟁이 한창일 때, 그들 앞에 많이 등장했던 적의 종류 중 하나가 흑마법사들이기도 했다.

"게다가 카를 황자와 흑마법이라니요. 감히 어느 누가 황자의 몸에 흑마법을 걸겠습니까? 카트린느 황비가 저리도 품에 끼고 도는데, 그럴 틈도 없을 겁니다."

"난 신성력 치료가 통하지 않는 경우에 대해 말했을 뿐이네. 그래도 혹시 모르니 한번 조사해 보게."

란데르트 공작도 카를 황자에게 그런 요상한 짓거리가 행해졌을 거라고는 생각지 않았다. 그럼에도 그는 모든 경우의 수를 헤아려야 했다. 사건에 석연치 않은 부분이 있으면 그를 파헤치는 것 역시 제국의 총사령관인 그가 해야 할 일이었기 때문이다.

"알겠습니다."

특별한 건 나오지 않을 것 같지만, 사다드는 수첩에 서둘러 공작의 명을 적었다.

"자결했다는 사제에 대해서도 알아보고."

"그건 이미 지시를 내렸습니다. 정말 자살이 맞는지 다시 한번 확인해 볼 필요가 있을 것 같았거든요."

궁궐 내에서의 죽음은 신분의 고하를 막론하고 주의 깊게 살펴야 했다. 어떤 거대한 음모와 연결되어 있을지 모르기에.

"헤이즈는 언제 도착하지?"

린데만 황태자와 헤이즈는 연인 사이였다. 자주 만나지는 못해도, 꾸준히 편지를 주고받으며 알콩달콩 연애를 이어 왔다.

그렇기에 공작은 부러 그녀를 수행원에서 제외했다. 개인적인 감정을 앞세워 일을 그르칠 성격은 아니었지만, 마음고생을 시키고 싶지 않았기 때문이다.

어느 정도 사태 파악이 끝난 후에 그녀에게 설명하는 것이 여러모로 나을 거란 게 공작의 판단이었다.

"아마 내일이면 황도 외곽에 주둔지를 구축할 겁니다."

헤이즈와 그녀가 이끌고 올 만월 기사단은 만일의 상황

을 대비하기 위한 비책이었다. 혹여 금번 일이 유혈 사태로 번진다면 공작은 주저 없이 황태자의 편에 설 참이었다.

"그리고 참, 바율 도련님께도 연락을 드리면 어떻겠습니까?"

"바율에게?"

"네. 도련님의 능력이면 이 황궁에서 무슨 일이 벌어졌는지 쉽게 알 수 있지 않을까요?"

"대지의 기억을 말하는 게로군."

랑트에서 셰임이 보여 준 대지의 기억이 아니었다면, 팔레즈 호텔은 탄생할 수 없었다. 그곳에서 벌어졌던 오래전의 비사까지 알아낸 셰임이니, 며칠 전에 일어난 사건을 재현해 내는 것쯤은 일도 아니리라.

"리타도 함께 부르게."

"황태후 마마 때문이십니까?"

공작은 대꾸하지 않았지만 사다드는 주군의 심경을 충분히 이해했다. 리타는 데스와의 친화력으로 어마어마한 치료 능력을 지녔다. 혹여 그녀라면 프리실라 황태후를 깨어나게 할지도 몰랐다.

"캐링스턴으로 서둘러 서찰을 보내겠습니다. 한데 곧 기말고사 기간일 텐데, 자리를 비우셔도 될까 모르겠네요."

"녀석은 아카데미의 학생이기에 앞서 작위와 봉토를 받

은, 엄연한 제국의 대신이네. 직무를 저버려선 안 되지. 시험은……!"

공작이 돌연 말을 하다 말고 불쑥 일어나 창가로 걸어갔다.

"공작 전하, 왜 그러십니까?"

그를 따라 창으로 향했던 사다드의 눈이 커졌다.

"어라? 바율 도련님이 아닙니까?"

그들의 시선을 느꼈는지 바율의 시야가 위로 들렸다.

달도 뜨지 않은 밤이었지만, 궁 내부에 켜진 등불만으로도 아들의 얼굴을 충분히 알아볼 수 있었다. 석 달 만에 본 바율은 어쩐지 키가 조금 더 큰 것 같았다.

"황태자 전하의 소식을 들으신 모양입니다."

"우리로선 잘되었군."

"예. 대지의 기억을 더 빨리 볼 수 있게 되었으니 말입니다."

수많은 이의 목숨이 달린 일이었다. 그걸 간단히 해결해 줄 수 있는 바율의 등장에 사다드는 물론 공작의 눈가에도 기대가 스쳤다.

"아버지!"

잠시 후, 공작의 집무실로 바율이 급히 들어섰다. 녀석의 뒤로 이언과 맥 보좌관, 그리고 황제의 동생이자 황태자의 숙부인 로티어스 교수가 줄지어 들어왔다.

"표정을 보니 전부 알고 온 게로구나."

심각한 아들의 눈빛을 공작은 단번에 읽어 내렸다.

"마침 맥 보좌관님이 황궁에 계셨던 덕분에요."

"곧 여름방학이라서 폐하께서 내릴 명을 기다리고 있었습니다."

"타이밍이 좋았군요."

덕분에 시간을 벌었다.

"제인."

로티어스 교수는 평소의 부산한 모습과 달리 말이 없었다. 그저 꾸벅 인사만 할 뿐, 얼굴 전체가 근심과 염려로 가득했다.

"걱정 마라. 네가 우려하는 일은 벌어지지 않을 것이다."

"…어떻게 된 겁니까?"

기실 로티어스 교수는 기차를 타고 오는 내내 황태후를 만나러 갈 생각뿐이었다. 그녀의 안위가 너무나 걱정되었기 때문이다.

황제의 명으로 옥에 갇혔다는 조카도 염려되긴 마찬가지였지만, 설사 아비가 자식을 어찌하겠나 하는 심정이었다.

한데 막상 도착하고 나니 황태후의 처소를 향해 발길이 떨어지지 않았다. 행여 보고 싶지 않은 것을 보게 될까 봐 무섭고 두려웠다.

"아직 저희도 폐하와 황태자 전하를 뵙지 못한 상태라 많은 것을 알지는 못합니다."

사다드는 운을 떼며 지금까지 추려 낸 사실에 대해 간략하게 털어놓았다.

"사제가 자결을 해?"

설명을 다 듣고 난 이언은 인상을 찌푸리며 목소리를 높였다.

"선배도 그쪽이 수상하시죠?"

"당연히."

"황태후 마마의 전담 사제라면 늘 하던 치료였을 텐데, 어쩌다 실수를 한 걸까요? 그리고 그런 자가 평소에 황비궁은 왜 드나들었을까요?"

잠자코 있던 맥 보좌관도 이해할 수 없다는 듯 연신 고개를 갸웃거렸다.

"설마 그자가 카트린느 황비의 사주를 받고 황태후 마마를 일부러…… 아, 이건 너무 나간 거겠죠?"

무심코 내뱉던 말에 스스로가 가장 놀라며 맥 보좌관은 얼른 입을 닫았다. 딴에는 그럴싸한 의심이었지만, 만약 사실이라면 황궁엔 그야말로 엄청난 피바람이 몰아칠 것이었다.

일반 가정에서도 일어나선 안 될 일이 무려 황실에 벌어진 셈이니, 카트린느 황비는 물론이고 그녀의 집안까지 몰살당할 수도 있으리라. 아니, 틀림없이 그럴 것이다.

"황비에겐 그럴 동기가 없습니다."

사다드라고 왜 그 생각을 하지 않았겠는가. 하지만 카트린느 황비에겐 그런 짓까지 벌여야 할 이유가 없었다. 둘 사이가 썩 좋지 않았던 것은 사실이나, 그렇게까지 해서 딱히 그녀가 볼 이득이 없었다.

"하나 말도 안 되는 일이라고 무시하고 넘기기엔 과정이 석연치 않은 것도 맞지. 황태자 전하께서는 그 사제 때문에 황비궁을 찾으셨고, 현재 그 안에서 황비와 황자를 시해하려 했다는 모함을 받고 계시다. 조금 전까지만 해도 내 직접 황태자 전하를 뵈러 갈 생각이었는데, 바율 네가 왔으니 부탁을 해야겠구나."

"제게 말씀인가요?"

공작의 갑작스러운 청에 바율은 어리둥절했다.

"모든 것이 불확실하다. 그날 무슨 일이 있었는지 알 수 있는 사람은 너뿐이야."

"아, 대지의 기억을 말씀하시는 거군요?"

사용할 일이 자주 없어 잠시 잊고 있었다. 아버지의 말씀처럼 대지의 기억이라면 그날의 모든 일을 보여 줄 것이다.

바율은 씩씩하게 고개를 끄덕이곤 셰임을 불렀다.

"셰임."

"부르셨습니까, 바율 님."

바율의 음성이 공기 중에 퍼지기가 무섭게 셰임이 일행 앞에 나타났다.

"다 들었죠? 부탁할게요."

바율과 함께 베르가라에 몇 번 온 적이 있는 셰임이기에 궁의 구조에 대해선 따로 설명해 줄 필요가 없었다. 바율이 명하자 그가 공손히 허리를 숙이고는 집무실 중앙을 향해 손을 들며 대지의 기억을 펼쳤다.

돌바닥과 화분, 나무로 만들어진 물건들이 들썩거리며 허공으로 모여들었다. 그것들은 이내 사람의 형상을 갖추었고, 곧 거기에서 말소리가 들려오기 시작했다.

셰임이 먼저 보여 준 건 프리실라 황태후의 처소였다. 그녀가 사제에게 신성력 치료를 받다가 쓰러지는 모습부터해서 황태자의 등장까지, 모든 것이 그레이스 황녀와 가드너가 말했던 것과 똑같았다.

"…응?"

한데 도망간 사제를 쫓는 장면부터 무언가 이상했다. 마치 술에 취해 기억이 드문드문 끊긴 사람이라도 된 것처럼, 상황이 이어지지 않고 부자연스러웠다.

카트린느 황비궁의 모습은 더욱 기괴했다. 그곳은 작금의 밤하늘을 펼쳐 놓기라도 한 듯, 온통 먹색뿐이었다.

보이는 것도, 들리는 것도 없었다. 흡사 이 세상에 존재하지 않는 공간 같았다.

Chapter 2.
의혹

1.

"이, 이게 뭐랍니까……?"

사다드는 제 눈이 잘못되었나 싶어 여러 번 깜박였다. 그러다 그것만으로는 부족한지 손등으로 비비기까지 하였다. 하지만 변하는 것은 없었다. 여전히 그의 눈에 보이는 건 컴컴한 어둠뿐이었다.

"셰임……."

바율 역시 사다드의 반응과 별반 다르지 않았다. 그가 당황한 기색을 숨기지 못한 채 멍하니 셰임을 바라보았다. 이언과 맥 또한 예상치 못한 사태에 황당한 표정들이었다.

"역시 흑마법인가."

기대에 한참 어긋나는 상황이 벌어졌지만, 란데르트 공작의 음성만은 매우 차분했다. 그는 마치 이런 일이 일어날 것을 예측이라도 한 듯 별로 놀란 기색이 아니었다.

　"아버지, 흑마법이라니요? 그게 무슨 말씀이세요?"

　셰임에게 어떻게 된 거냐며 물으려던 바율은 '흑마법'이란 단어에 흠칫하며 공작을 향해 돌아섰다. 대지의 기억과 흑마법 간에 무슨 연관이 있는지 그로서는 전혀 짐작 가는 바가 없었다.

　"네가 전에 그러지 않았느냐. 대지의 기억으로는 마족과 천족의 흔적을 볼 수 없다고."

　"네. 상급 정령의 힘으로는 불가능한 것 같아요."

　"흑마법에 대해선 아는 것이 있느냐?"

　"자세히는 모르지만, 현재 제국에는 남은 흑마법사가 별로 없다고 들었습니다. 아카데미에서도 따로 그런 걸 가르치지 않고요."

　"그 이유가 무엇 때문인지는 알고?"

　"부작용이 심해서 그런 것 아닌가요? 얼굴과 몸이 흉측하게 변한다고……."

　"그것도 맞다. 일반적인 마법에 비해 월등한 능력을 갖추게 되지만, 몰골이 흉하게 변하는 것은 물론 무엇보다 수명이 비약적으로 짧아지지. 그래서 이제는 흑마법사를 거의 찾아볼 수 없는 실정이다."

제국에선 아직 법으로 금하진 않았으나, 대륙의 몇몇 국가에선 아예 흑마법을 익히지 못하도록 규제를 하는 곳도 있었다.

"흑마법은 어둠의 힘을 빌려서 쓰는 마법이지. 마족과의 거래를 통해서 말이다. 그 파괴력과 살상력은 가히 엄청나단다. 비록 대가로 많은 것을 바치겠지만, 어쨌든 흑마법을 익히면 한 시대를 풍미하는 호사는 누릴 수 있지."

하나 마법이란 애초에 배움이 어려운 학문이었고, 마족과의 거래 역시 아무나 할 수 있는 게 아니었다. 해서 이전에도 흑마법사는 일반 마법사에 비하면 그 수가 상당히 적었다. 거기에 치명적인 부작용 때문에 더더욱 줄어든 것이고.

"아버지, 그러면 설마……?"

설명을 듣다 보니 바율은 어느 순간 머릿속에 불이 번쩍 켜졌다.

셰임은 마족의 흔적을 보지 못한다. 흑마법은 마족의 힘이 섞인 마법이었다. 그러니 만약 저들이 정말 흑마법을 쓴 거라면, 대지의 기억에 아무것도 나타나지 않는 것은 너무나도 당연했다.

"아무래도 카트린느 황비와 보이텍 후작 측에서 흑마법

사를 고용한 것 같구나. 카를 황자의 상처가 신성력 치료를 받고도 좀처럼 아물지 않는 게 이상했는데, 그 역시 같은 이유인 듯싶다."

"카를 황자가 다쳤습니까?"

바율은 거기까진 듣지 못했다. 놀라는 그에게 사다드가 재빨리 부연했다. 자결한 사제에 대해 집중적으로 얘기하다 보니 미처 그 점을 깜박했다.

"신성력을 그리 퍼붓는데도 낫지 않는다면, 흑마법에 걸린 것이 틀림없습니다."

이 자리에서 공작 다음으로 흑마법을 많이 경험한 사람이 이언이었다. 그가 단언하듯 말하자 맥이 의아해하며 받아쳤다.

"그게 전부 사실이라고 쳐도, 저는 좀 이해가 가질 않습니다. 이제 갓 태어난 어린 황자에게 흑마법을 사용할 만한 까닭이 있을까요? 건강을 위해서라면 그보다 적합한 마법들이 많이 있을 텐데요."

"좋은 지적이십니다. 카트린느 황비에겐 대마법사인 오라비, 카셀 폰 보이텍 백작이 있습니다. 황자를 위해 어떤 조치를 해야 했던 거라면 그에게 부탁하는 게 더 말이 됩니다. 적어도 제가 알기로 보이텍 백작은 흑마법사는 아니니까요."

"그 대단한 오라비를 놔두고 흑마법사를 동원했다, 라⋯⋯."

왜?

대체 무슨 연유로?

무언가 피치 못할 사정이 있지 않고서야 납득하기 어려운 처사였다. 특히나 어린아이들은 아프고 다칠 일이 많아 신성력 치료를 자주 받아야 했다. 그걸 알면서도 흑마법을 강행한 걸까? 생각에 생각을 거듭할수록 의문이 강해져만 갔다.

"아무리 합당한 이유를 생각해 보려고 해도 떠오르는 것이 없네요."

"갑자기 흑마법이 등장했다는 사실 자체도 저는 아직 실감이 나질 않습니다."

"카를 황자에 대해선 따로 조용히 알아보는 편이 좋을 것 같군. 저쪽에서 눈치채지 못하도록."

"네, 공작 전하. 그리하겠습니다."

"그리고 아무래도 흑마법은 바율 너 때문에 들인 것 같다."

"⋯저 때문에요?"

"그래. 그들이 대지의 기억을 직접 보지는 못했을지언정, 그에 관해 들은 바가 있을 거다. 네가 가국으로 가기 전

캔자스에서 그걸 사용하지 않았더냐. 그때 본 사람들의 입을 통해 전해졌겠지."

"아."

그러고 보니 당시 만인이 보는 앞에서 대지의 기억을 시현했었다. 세자리오가 리타에게 한 짓을 증명하기 위해서. 그걸 시작으로 드로우 후작가의 만행까지 낱낱이 까발리고 결국 법의 심판을 받게 하였다.

"하면 방비를 한 것이로군요. 언제고 바율 도련님께서 대지의 기억을 사용하실 걸 대비해서."

"현재로선 그 추리가 가장 합당합니다."

이제껏 잠자코 듣기만 하던 로티어스 교수가 끼어들더니 한 가지 의문을 던졌다.

"그런데, 뭘 감추려고 그랬을까요? 카를 황자는 그렇다 쳐도, 황비궁 전체를 흑마법까지 동원해 보지 못하게 막았다는 건 뭔가 냄새가 나지 않습니까?"

"구린내야 저쪽 전공인걸요."

사다드의 의견에 동의한다는 듯 로티어스 교수가 고개를 끄덕이며 말을 이었다.

"여러분의 말씀을 들으면서 제가 곰곰이 생각이란 걸 해봤는데요. 혹 황태후 마마께서 뭔가를 알아차리신 게 아닐까요?"

"마마께서 말입니까?"

로티어스 교수의 안색은 여전히 창백했지만, 그의 눈빛만큼은 예리하게 빛났다.

"지금으로서는 그 자결했다는 사제가 황태후 마마와 황비궁의 유일한 연결 고리입니다. 그는 황비궁의 출입이 잦았고, 공교롭게도 황태후 마마의 전담 신관이었죠. 그러다 사고를 냈고요. 아까 맥 보좌관님께서는 황비의 사주를 받고 사제가 일부러 황태후 마마를 해하려 한 게 아닐까, 라고 하셨죠?"

"예…… 하지만, 그럴 만한 동기가 없으시다고……."

"만약 황태후 마마께서 황비의 약점, 혹은 치부를 알아내셨다면요?"

"약점이요?"

"황비에게 그런 게 있겠습니까? 폐하께서 애지중지 여기는 황자까지 떡하니 안겨 드렸는데?"

"아시다시피 저는 황족입니다. 답답하여 떠나긴 했지만, 그전까지는 스무 해가 넘도록 지겹게 이곳에서 살았지요."

로티어스 교수는 별안간 평소 잘 하지 않던 얘기를 꺼냈다.

"궁은 상상조차 하지 못할 여러 일들이 벌어지는 곳입니다. 그리고 황태후 마마께선 그러한 일의 대부분을 알고 계시죠. 이 베르가라에서 가장 오래 사신 분이 바로 황태후 마마십니다. 즉, 마마님의 눈과 귀가 황궁 곳곳에 깔려 있다는 뜻입니다."

쉽게 말해 황태후의 입을 막고자 황비가 이 모든 사달을 꾸몄을지도 모른다는 얘기였다. 그 과정에서 어쩌다 보니 황태자까지 연루된 것이고.

가설이긴 하나 작금의 상황에서 가장 그럴듯하긴 했다.

"공작 전하, 보고드릴 것이 있습니다."

그때, 노크 소리가 들리더니 누군가 급히 안으로 들어왔다. 사다드가 자살했다는 사제에 대해 알아보라고 보낸 수하였다.

"그래, 사인이 뭐라던가? 정말 자결이 맞는가?"

공작을 대신해서 사다드가 채근하듯 묻자, 사내가 고개를 저었다.

"경부 압박에 의한 질식사가 맞긴 합니다만, 나무에 목을 맨 자국 말고 상흔이 하나 더 있었습니다. 후두부에서 핏자국을 발견했습니다. 치명상까지는 아니지만, 사망 전 둔기로 먼저 가격을 당하고 기절을 했던 것으로 보입니다."

"그 상태로 나무에 묶은 다음 자살로 꾸몄다는 것으로

군."

"예."

"증거를 없앤 것일까요?"

"황태자 전하께서 그자의 행동을 직접 목격하셨으니, 그 냥 두기에는 찝찝했겠지."

조금 전까지는 수많은 가정 중 하나에 불과했지만, 자살 이 사실은 타살이라는 걸 알게 된 순간 더 이상 한낱 가설 로만 여기긴 어려웠다.

"사다드가 말했듯 표면적으로 황비는 황태후 마마를 해 쳐서 얻을 이득이 없다. 하지만 숨기고 싶은 뭔가를 들켰다 면 그것으로 동기는 생긴 셈이지."

"그걸 찾아내야겠군요. 그러기 위해선 리타 양을 얼른 불러야겠고요."

"리타를요?"

"지금으로선 빨리 황태후 마마의 상태가 호전되어서 무 언가 상황 파악이 될 만한 얘길 들어야 합니다. 그리고 그 러기 위해선 리타 양의 치유 능력에 기대는 수밖에 답이 없 습니다, 바율 도련님."

"아, 이럴 줄 알았으면 처음부터 녀석을 데려올 걸 그랬 네요."

미처 그 생각을 하지 못했다. 고위 사제는 황궁에도 많으니 황태후 마마를 충분히 치료할 수 있다 여겼다.

"템페스타."

바율이 허공에 대고 템페스타의 이름을 부르자 순간 차가운 바람이 실내를 덮쳤다.

"바율, 나 불렀어?"

긴 은청색 머리칼을 휘날리며 템페스타가 바로 바율의 코앞에 나타났다. 어딜 다녀왔는지 생글생글 웃는 모습이 아주 신이 나 보였다.

"나 대신 캐링스턴에 가서 리타 좀 데려와 줄래?"

"리타만 데려오면 돼?"

"응, 내가 급히 찾는다고 전해 줘."

"그놈들이 가만히 있을까?"

여기서 그놈이라 함은 마황과 데스를 비롯한 마족들이었다. 어딜 가든 리타와 떨어지려 하지 않는 그들이니 이번에도 따라나서려 할지 모른다.

"그럼 전부는 말고, 데스랑 크리스 씨만 오라고 해. 일행이 많으면 좀 그래서."

신성한 황궁에 마족을 다섯이나 끌어들일 순 없었다. 마황과 데스는 어차피 무슨 말을 해도 안 들을 게 뻔하기에 바율은 그나마 그 둘을 택했다.

"알았어. 나 금방 다녀올게!"

자신에게 임무가 주어진 것에 기뻐하며 템페스타가 휘릭 사라졌다.

"리타라면 저도 몇 번 본 적 있는데, 그 아이에게 치유 능력이 있었습니까? 그냥 평범한 소녀인 줄 알았는데요."

아차. 심각한 이야기를 하다 보니 로티어스 교수의 존재를 깜박했다. 리타에 대해 먼저 말을 꺼냈던 사다드가 당혹감에 어버버 말을 잇지 못하자, 란데르트 공작이 대신 나서 수습했다.

"믿음이 아주 투철하거든. 그 덕에 절망의 신과의 친화력이 높아서 기도발이 좋다고 해야 할까. 황태후 마마께서 며칠째 저러고 계시니 뭐라도 해 봐야지 않겠나."

"절망의 신이라면 요즘 한창 신도가 늘고 있다고 저도 알고 있습니다. 한데 신관도 아닌 일반 신도가 친화력이 높다니, 신기한 일이네요."

그 기도발이라는 게 얼마나 효과가 좋을지는 모르겠다만, 부디 영험한 효험이 있기를 로티어스 교수는 바라고 또 바랐다.

"공작 전하, 이제 어찌하실 겁니까? 셰임의 대지의 기억도 소용없으니, 우선 황태자 전하라도 뵈어야 하지 않겠습니까?"

"그래야지."

"하면 폐하께 청을 넣겠습니다. 만남을 허락해 주실지 모르겠지만요."

"아니, 그냥 가겠다."

"…예?"

"폐하께선 승낙하지 않으실 거네."

"그걸 어찌 그리 단언하십니까?"

"린데만 황태자 전하는 폐하의 적자이자 장자일세. 폐하께서 누구보다 아끼는 자식이시지."

그런데도 옥에 가둔 채 그 누구의 면회도 허락하지 않고 있다.

목격자라고는 황비의 사람들뿐이고, 수상한 사제에, 신성력 치료가 듣지 않는 카를 황자까지.

공작도 이상하다 여기는 것을 황제가 그냥 넘겼을 리 없다. 더욱이 조금 전 프리실라 황태후의 처소에서 봤던 새로운 시녀들은 황제의 최측근 인물들이었다.

"아무래도 폐하께서 황태자 전하를 보호하고 계신 것 같네."

그것이 감금이라는 다소 파격적인 방식이긴 하지만, 어째선지 공작은 그런 생각을 떨칠 수 없었다.

2.

"셰임, 다시 한번 부탁할게요."

란데르트 공작과 바율은 린데만 황태자가 갇혀 있는 지하 감옥의 근처까지 병사들의 눈을 피해 조심스럽게 당도했다.

황태자가 수감된 곳은 지상과 통하는 입구가 단 하나밖에 없는, 대단히 폐쇄적인 구조였다. 그 유일한 통로를 철통같은 경계 태세로 지키고 있었지만, 땅의 정령인 셰임에겐 전혀 방해가 될 수 없었다.

"네, 바율 님. 맡겨만 주십시오."

대지의 기억이 흑마법에 막혔다는 것에 내내 미안해하던 셰임이었다. 그가 이번에는 절대 실망시키지 않겠다는 듯 단호한 눈빛으로 벽에 손을 뻗었다.

스윽—

그러자 단단하고 견고한 돌벽에 작은 구멍이 생겨났다. 그것은 이내 마치 문처럼 사람이 드나들 수 있을 정도까지 커졌다.

"아버지."

"그래."

란데르트 공작은 지체하지 않고 긴 다리를 성큼 안으로

내디뎠다. 바율은 셰임에게 고맙단 말로 작게 인사한 후 아버지를 따라 이동했다. 돌벽에 생겨난 문은 즉시 사라졌다.

누구도 침입할 수 없다 여긴 것인지, 감옥 내부엔 병사의 수가 현저하게 적었다.

군데군데 횃불이 타고 있었지만, 창문 하나 없는 지하였기에 바로 앞도 보이질 않을 만큼 어두컴컴했다. 물론 마에스터의 경지에 이른 란데르트 공작과 정령사인 바율에게 그것은 결코 문제가 아니었다.

부자는 경비들의 눈을 교묘하게 피하며 황태자가 갇힌 곳을 향해 빠르게 움직였다. 그의 기운이라면 익숙했기에 찾는 데 별 어려움은 없었다.

애초에 지하 감옥엔 소수의 죄수들만이 갇힌 상태였다. 개중 린데만 황태자는 신분을 고려해선지 홀로 단독으로 멀리 떨어져 있었다.

"황태자 전하."

침상에 누운 채 멍하니 천장을 올려다보고 있던 린데만 황태자는 익숙한 목소리에 퍼뜩 고개를 돌렸다. 그러곤 믿을 수 없다는 듯 두 눈을 부릅뜨며 벌떡 일어나 달려왔다.

"란데르트 공작님!"

"전하, 괜찮으신 겁니까?"

"바율……!"

어두워서 미처 보지 못했다. 공작의 옆에 나란히 서 있는 바율을 본 순간 린데만 황태자는 왠지 모르게 울컥했다.

안도감이 든 것도 같았다. 황태자의 신분으로 처량하게 옥에 갇힌 신세였지만, 공작과 바율이라면 절대 자신을 버려 두지 않을 거라는 막연한 믿음이 그를 지탱할 수 있게 하였다.

두려운 마음이 조금도 들지 않았다고 말하면 거짓말일 것이다. 사건이 터지고 지금까지 아무도 그를 만나러 오는 사람이 없었다. 때가 되면 식사만이 지급될 뿐, 부친인 황제조차 그를 찾지 않았다.

해도 달도 들지 않는 공간이었기에 시간은 더욱 더디게 흘렀다. 황태자로서의 체통을 지키기 위해 침착한 척, 고고한 척 굴었지만, 불길한 생각과 초조함으로 그의 속은 문드러진 상태였다.

"옥체가 많이 상하셨습니다."

공작의 염려 섞인 발언에 린데만 황태자는 쓰게 웃으며 고개를 저었다.

"아닙니다. 그간 모자랐던 점을 채우는 중입니다."

일부러 밝은 티를 내고 있지만, 쇠창살을 쥔 그의 양손이 가늘게 떨고 있었다.

"그런데 여긴 어떻게 들어오신 겁니까? 아바마마께서 허락하신 겁니까?"

"그보다 신이 전하께 여쭐 것이 있습니다."

"…아바마마께선 여전히 화가 나 계신 모양이군요."

말을 돌리는 공작의 모습에서 황태자는 그가 남모르게 들어왔음을 바로 알아차렸다.

"카트린느 황비와 카를 황자가 다쳤다 들었습니다. 전하께서 그리하신 겁니까?"

"…그런 것 같습니다."

린데만 황태자가 돌연 시선을 내리깔며 한숨을 내쉬었다.

"그런 것 같다니요? 그런 것이면 그런 것이지, 같다는 말씀은 무슨 의미입니까?"

"그걸…… 저도 잘 모르겠습니다. 이걸 뭐라고 설명해야 할지 모르겠는데, 제 머릿속에는 분명 그러한 기억이 들어 있지만, 실제로 행한 것 같지는 않다고 해야 할까요?"

"그게 무슨……?"

"압니다. 제 말이 이상하다는 거. 하지만 이게 진실이고 사실입니다. 제가 한 것이 분명 아닌데, 내가 그랬을 리가 없는데…… 기억은 존재하는…… 하아."

말하면서도 본인이 가장 답답하다는 양 린데만 황태자가 제 가슴을 내리쳤다. 그 황당한 이야기에 공작과 바율은 무어라 대꾸하지 못한 채 미간만 찌푸렸다.

차라리 기억이 전혀 나지 않는다고 말하는 것이 더 나은 대답이었다. 일견 비겁해 보일지언정 지금처럼 터무니없게 들리지는 않을 테니 말이다.

하지는 않았는데 기억은 있다.

어떤 범인도 이처럼 말하지는 않을 터였다.

공작의 눈길이 잠시 파헤치듯 린데만 황태자를 훑었다.

"폐하께서 황태자 전하를 구금하고 면회를 금지하신 이유를 이제야 알 것 같습니다."

"…예?"

"방금 하신 전하의 말씀은 스스로 자백하시는 것과 같습니다. 만약 면회를 허락했다면 다들 전하의 진술을 들었겠지요."

"아……!"

그리고 이야기는 삽시간에 황궁 구석구석까지 번졌을 테고, 당장 황태자의 폐위를 논하는 회의가 열렸을 것이 자명하다. 그것이야말로 상대측이 노리는 바였으리라.

"폐하께도 그리 말씀하셨겠지요?"

"네……."

"그 자리에 다른 이들도 있었습니까?"

"황실 기사단 몇 명이 있었던 걸로 압니다."

"보아하니 지금 거짓말이 아예 불가능하신 듯합니다. 맞습니까?"

"거짓말이요?"

란데르트 공작의 물음에 린데만 황태자의 짙은 눈썹이 꿈틀거렸다. 질문의 의도를 파악하기가 어려웠기 때문이다.

"하지 않았다면 하지 않았다고만 하시면 되는 것을, 기억에는 있다, 라고 굳이 필요 없는 말씀을 덧붙이시니 여쭙는 것입니다."

"그러고 보니…… 정말 그렇군요."

여태까지는 대화할 상대가 없어서 깨닫지 못했다. 아버지와 공작은 황태자가 가장 의지하고 믿는 사람이었다. 그렇기에 사실을 고했을 뿐이지만, 다시 생각해 보니 아무래도 이상했다. 어째서 그토록 멍청하게 답했던 것일까.

"…저는 정녕 하지 않았습니다. 왜 이런 기억이 제 머리 안에 있는 것인지는 모르겠으나, 진짜입니다. 제가 그럴 이유가 없지 않습니까? 전 단지 카트린느 황비에게 사제에 대해 물으려고 했을 뿐, 그녀에게는 아무런 억하심정도 없었습니다. 카를은 두말할 것도 없고요!"

물론 카를로 인해 미래에 황태자 자리가 위협받을 수도 있겠지만, 그건 아직 먼 이야기였다. 카를도 어쨌든 그에게는 동생이었다. 황위 때문에 이제 막 태어난 어린 동생을 어떻게 할 만큼 그는 쓰레기가 아니었다.

"전하께서 아무래도 흑마법에 당하신 것 같습니다."

"…흑마법이요?"

흥분해서 소리치던 린데만 황태자가 무슨 뚱딴지같은 소리냐는 듯 눈을 동그랗게 떴다.

"지금으로선 사실을 확인할 길이 없지만, 정황상 그게 가장 유력합니다."

흑마법을 깨뜨리려면 그 마법 실력에 준하는 마법사가 있어야만 했다. 그러나 공작은 기사이지, 마법사가 아니었다. 정령사인 바율 또한 마법에는 무지했다.

란데르트 공작은 카를 황자의 상처가 아물지 않고, 대지의 기억이 통하지 않는 점 등 흑마법이 의심되는 상황에 대해 짤막하게 설명했다.

"하나 걱정하지 마십시오. 신이 곧 해결할 것입니다."

"공작님 곁에 흑마법사가 있는 겁니까?"

금시초문이었지만, 어찌 되었든 지금 같은 때엔 반가운 소식이 아닐 수 없었다.

"흑마법사는 아니나, 그에 정통한 자를 알고 있습니다."

"그것참 다행이군요. 역시 란데르트 공작님이십니다."

이제 거의 사라졌다고 생각한 흑마법이란 말이 나왔을

땐 심장이 쿵 내려앉을 정도로 놀랐다. 그 위력이 얼마나 대단한지 황태자도 익히 들어 알고 있기 때문이다.

"보이텍 후작 측이 이런 짓을 벌일 줄은 정말 몰랐습니다. 대마법사인 아들을 두고 흑마법사까지 고용하다니, 생각했던 것보다 야심이 더 큰 자였네요."

이런 식으로 자신을 곤경에 빠뜨릴 거라고도 예측하지 못했다. 이제 갓 태어난 손자에게는 또 무슨 짓거리를 한 것일까.

"참! 할마마마께서는 좀 어떠십니까? 깨어나셨습니까?"

이 모든 일의 시작은 거기에서부터 비롯되었다. 황태자가 조급하게 묻자 공작은 달래듯 말했다.

"아직은 의식이 없으십니다. 하나 그 또한 너무 심려 마십시오. 실력 있는 치료사가 곧 당도할 것입니다."

"할마마마를 꼭 살려 주십시오. 부탁드립니다, 공작님."

"제게도 소중한 벗입니다."

순리에 의한 죽음은 천하의 공작이라도 막을 수 없었다. 하지만 누군가의 농간이 섞인 일이라면, 그는 정녕 용서치 않을 참이었다.

"하니 조금만 더 버티십시오. 만나 볼 이들이 더 있어 신은 이만 가 보겠습니다."

"저…… 그녀는 괜찮습니까?"

"물론입니다."

헤이즈는 강한 여인이었다. 이 정도로 흔들린다면 애초에 만월 기사단이 될 수도 없었을 것이다.

"보초가 경비를 도는 듯합니다. 그럼 쉬십시오."

멀리서 발소리가 들렸다. 공작과 바율은 아쉬워하는 황태자에게 예를 올린 뒤 급히 어둠 속으로 몸을 숨겼다.

그리고 잠시 후, 그들이 다시 모습을 드러낸 장소는 프리실라 황태후를 모시던 시녀들이 갇힌 곳이었다.

서너 명씩 따로 감금된 그곳은 린데만 황태자의 감옥에 비교하면 시설이 매우 열악했다. 악취가 진동하는 것은 물론, 팔뚝만 한 쥐들이 눈앞에서 획획 지나다녔다. 제때 끼니조차 지급되지 않은 듯 다들 얼굴들이 퀭했다.

"애슐리."

"고, 공작 전하!"

갑자기 울리는 묵직한 음성에 벽에 등을 기댄 채 눈을 감고 있던 여인 하나가 창살 근처로 득달같이 뛰어왔다.

"내가 좀 늦었지."

"흐흑, 아닙니다! 이렇게라도 소인을 뵈러 와 주셔서 감사한걸요. 황태후 마마께선 괜찮아지신 거죠?"

애슐리는 프리실라 황태후가 황후였던 시절부터 그녀를 곁에서 모시던 시녀였다. 옥에 갇혀서도 자나 깨나 황태후에 대한 걱정뿐이었던 그녀는 공작을 보자마자 주인의 안부부터 물었다.

"아직은 아니네만, 곧 깨어나실 거네."

"하아, 마마님⋯⋯!"

기대와는 다른 공작의 대답에 애슐리는 다시금 눈물을 보였다. 주인을 제대로 보필하지 못했다는 죄책감에 순간 자결이라도 하고 싶은 심정이었다.

"그대에게 물어볼 것이 있어서 왔네. 힘들겠지만 답을 해 주면 좋겠군."

"⋯예, 공작 전하. 하문하십시오."

"태후 마마께서 쓰러지시기 전, 그러니까 금번 사건이 일어나기 전 별다른 특이한 점이 없었는가? 평상시와 달랐던 일 따위 말일세. 가령 카트린느 황비와 관계된 어떤 것이면 더 좋겠군."

고개를 조아리던 애슐리의 표정이 카트린느란 이름을 듣자 눈꼬리가 쫙 찢어지듯 올라갔다.

"카트린느 황비님 말씀이라면 제게 하지도 마십시오! 황자 전하를 낳으셨다는 이유만으로 태후 마마님의 부름을 거절하신 것으로도 모자라, 손자가 보고 싶으면 직접 찾아오시라는 무례한 발언까지 하신 분입니다! 어찌 감히 태후 마마께 그럴 수 있단 말입니까? 황후 마마께서도 그러시진 않았습니다!"

"…그래서 마마께선 직접 가셨는가?"

"예! 소인이 말렸지만, 꼭 직접 보셔야겠다며 힘드신 몸을 이끌고 가셨습니다."

그때만 생각하면 애슐리는 아직도 분이 안 가셨다.

"황비궁에선 무슨 일이 있었는가? 어떤 대화를 나누었지 들었는가? 몸이 불편하시니 홀로 들어가진 않으셨을 것 같은데."

"맞습니다. 소인이 부축하여 함께 들었습니다."

불쾌한 기억이었지만, 그녀는 최대한 생각나는 대로 그날의 일을 천천히 고하였다.

"…그게 전부인가?"

"예, 공작 전하. 말씀드렸다시피 그저 평범한 대화를 나누셨습니다. 카트린느 황비님도 태후 마마의 안전에서만큼은 차마 무례하게 행동하실 수 없는 듯했습니다. 카를 황자 전하가 폐하의 어린 시절 모습과 별로 닮지 않았다는 태후 마마님의 말씀에 인상을 살짝 찌푸리긴 했었지만요."

"…폐하를 닮지 않았다? 정녕 그리 말씀하셨나?"

"예. 공작 전하께서 아시는지는 모르겠지만, 폐하와 린데만 황태자 전하, 그리고 그레이스 황녀 전하까지 어린 시절 왼쪽 뺨 아래쪽에 세모 모양의 점이 있었습니다. 신기할 정도로 같은 자리에 똑같이 생긴 점이었지요. 크면서 사라지긴 했지만요. 그런데 카를 황자 전하에겐 그 점이 없었습니다. 아무래도 그것 때문에 그리 말씀하신 듯합니다."

그 점에 대해서라면 공작도 알고 있었다. 피는 못 속인다면서 황태후가 몇 번이나 했었던 이야기이니 말이다.

점은 없다가도 생기고, 있다가도 사라지는 것이다. 하나, 방금 애슐리가 말한 그 점은 황태후의 친가에서 내려오는 기이한 유전이었다. 그것이 자신의 자식에 이어 손주들에게까지 전해졌다고 웃으며 말하던 벗의 모습이 아직도 생생히 기억난다.

'이것이 시발점인가……'

정체를 알 수 없는 불길한 느낌이 순간 공작의 뒤통수를 묵직하게 내리눌렀다.

Chapter 3.
드러나는 음모

1.

"형님! 대체 지금 황궁에서 무슨 일이 벌어지고 있는 겁니까? 정녕 황태자 전하께서 그러하신 게 맞습니까?"

아침 해가 뜨자마자 기다렸다는 듯 세이모어 백작이 공작의 집무실을 찾아왔다. 영지가 멀어 상대적으로 소식을 늦게 접한 그는 이제 막 입궁한 상태였다.

"오셨습니까."

바율이 급히 일어서며 예를 올렸지만, 백작은 손짓으로 대충 인사하며 공작에게 재차 물었다.

"저는 도무지 믿을 수가 없습니다. 린데만 황태자 전하께서 그럴 분이 아니라는 건 형님께서도 아시지 않습니까?

한데 폐하께선 어찌 전하를 옥에 가두신 겁니까? 벌써부터 새로운 황자에게 마음이 기울기라도 하셨답니까?"

흥분한 세이모어 백작의 음성에는 날이 서 있었다. 실내에 공작과 바율뿐이어서 다행이었지, 다른 이들이 듣기에는 꽤 지나친 언사였다.

"그랜트."

란데르트 공작은 턱짓으로 자신의 맞은편을 가리켰다. 감정을 가라앉히고 일단 앉으라는 뜻이었다.

"하아! 저는 정말이지, 이번에 폐하께 아주 많이 실망했습니다!"

기실 백작은 황제가 세 번째 장가를 든다고 했을 때부터 종종 불만을 표출했었다. 여인이라고는 아내밖에 모르는 그의 성정 탓도 있지만, 그보다는 굳이 분란의 씨앗이 될 게 뻔한 상황을 만드는 황제의 행보 때문이었다.

보이텍 후작의 야심이 크다는 걸 모르는 이는 없었다. 그런 자의 딸을 후궁으로 들이고, 그것으로도 모자라 아이까지 낳게 하는 건 황태자의 장래에 이로울 게 하나도 없는 처사였다.

그래도 설마설마했건만, 새 황자가 태어나고 얼마 되지도 않아 이런 사달이 벌어졌으니 이 얼마나 우습고 기막힌 일이란 말인가.

세이모어 백작은 소식을 들은 이래 열이 뻗쳐서 잠 한숨을 제대로 자지 못했다.

"밤에 잠시 황태자 전하를 뵙고 왔네."

"…폐하께서 허락하신 겁니까?"

입궁하자마자 그 역시 황태자를 보려 했다. 직접 안위를 확인하고 싶었기 때문이다.

하나 모든 이의 면회를 금지한다는 황제의 명과 더불어, 그걸 거스르는 이는 엄벌에 처할 거라는 경고까지 듣곤 발걸음을 돌릴 수밖에 없었다.

"아니, 폐하께선 모르시는 일일세."

공작은 놀라는 백작에게 지난밤 알아낸 정보와 그에 기반한 추론들을 빠르게 털어놓았다.

"흑마법이 쓰였다고요?"

예상대로 세이모어 백작은 경악을 금치 못했다.

"하면 황태자 전하와 황태후 마마 모두 거기에 당하셨다는 말씀입니까? 이런 육시랄 놈들을 보았나!"

"아직은 심증일 뿐이네."

거의 확실하긴 하지만, 확인 과정이 남은 것도 사실이었다.

"이제 어쩌실 생각이십니까? 흑마법은 그에 준하는 실력을 지닌 마법사만이 파괴할 수 있습니다. 그 망할 놈들이 대체 어디서 갑자기 흑마법사를 데려왔는지는 모르겠다만, 어찌 되었든 그걸 풀려면 필시 대마법사 정도는 되어야 하지 않겠습니까?"

"아마도 그렇겠지."

"메켄지 후작님은 현재 제국에 안 계신 걸로 아는데요."

메켄지 후작은 제국의 유일한 9서클의 대마법사였다. 린데만 황태자를 지지하는 공작파 중 한 사람인 그는 마법 연구를 위해 타국에 나가 있는 경우가 잦았다. 공교롭게도 지금 역시 그러했다.

"메켄지 후작님 다음은 보이텍 후작의 아들인 카셀, 그 자밖에는 없습니다. 하지만 아무렴 제 아비의 흠을 파헤치려 하겠습니까? 흑마법이 아니라고 잡아떼지나 않으면 다행일 겁니다."

더욱이 카셀은 인격에 문제가 있는 이였다. 새삼 보이텍 후작가가 황궁에 깊이 관여되어 있음을 자각하자 백작은 저도 모르게 다시 한번 욕설이 튀어나왔다.

바율이 조심스럽게 끼어든 것은 그때였다.

"저, 그 점은 너무 염려하지 마십시오."

"……?"

말뜻의 의미를 바로 알아듣지 못한 세이모어 백작이 그저 눈만 슴벅거리자 바율이 덧붙였다.

"데스가 올 겁니다."

"데스?"

"네, 그…… 로건과 라나사에게서 전해 들으셨을 텐데요. 라이와 이사장님에 대해서도…….'

'데스'라는 이름만 나왔을 때는 곧장 상황을 파악하지 못했다. 그러나 일라이와 라예가르에 대한 언급까지 나오자 백작은 '맞다! 그렇지!' 하며 벌떡 일어섰다.

지난겨울, 그를 기함하게 했던 아들과 조카의 이야기가 비로소 생각났기 때문이다.

"그, 그 마족…… 이라면 가능하겠군요!"

아직 마족이란 단어를 입에 담기가 불편한지, 세이모어 백작이 그답지 않게 더듬거렸다.

"네, 백작님. 데스는 마족 중에서도 마력이 강력한 편에 속합니다. 아마 흑마법도 금방 뚫어 줄 수 있을 거예요."

"허 참, 마족에게 도움을 받을 날이 다 오다니. 세상 오래 살고 볼 일이구나."

처음 얘기를 들었을 땐 걱정이 이만저만이 아니었는데, 이후로 별달리 들려오는 말이 없다 보니 그도 그만 깜박하고 있었다.

마족과 드래곤.

적으로 두기엔 둘 다 위험천만한 상대였으나, 아군이라

면 가히 천군만마를 얻은 것이나 진배없었다.

"휴우! 이제 좀 안심이 됩니다, 형님."

긴 한숨을 내뱉는 세이모어 백작의 안색이 그제야 한결 밝아졌다.

보이텍 후작과 카트린느 황비의 추잡한 짓이 만천하에 드러나면 황실엔 잠시 혼란이 찾아올 테지만, 모든 게 정리되고 나면 전보다 더 안정화가 될 것이다. 린데만 황태자의 입장도 더욱 공고해질 테고, 간신배들 또한 치워 버릴 수 있었다.

이번 기회에 황제도 여색을 그만 밝히고 정신을 차렸으면 하는 게 백작의 소망이라면 소망이었다.

"그런데 형님. 대체 카를 황자에게는 흑마법을 왜 사용한 걸까요? 신성력 치료가 통하지 않을 게 뻔한데, 아무리 생각해도 감이 잡히질 않습니다."

갓 태어난 아기에게 걸면 엄청난 천재가 된다거나, 뛰어난 능력이 생기거나 하는 특이한 기능의 흑마법이라도 있는 것인가?

백작이 할 수 있는 추리로는 그 정도가 한계였다.

"그 역시 데스가 와 보면 알게 되겠지. 어쩌면 황태후 마마께선 그 해답을 알고 계실지도 모를 일이고."

"황태후 마마께서 말입니까?"

황태후의 시녀인 애슐리를 만나고 돌아온 란데르트 공작은 말도 안 되는 상상 때문에 머리가 복잡했다. 만약 그의 예감이 틀리지 않는다면, 이건 사상 초유의 사태일 것임에 틀림없었다.

부디 자신의 생각이 맞지 않기를 바랄 뿐이었다.

2.

제국의 대신들이 거의 빠짐없이 황궁에 집결했다. 황제가 대전에 들어서면 금번 사건에 대한 회의가 시작될 예정이었다.

평상시였더라면 서로의 안부를 물으며 소소한 대화를 주고받았을 귀족들이었지만, 지금은 완전히 편을 갈라선 채 흉흉한 분위기를 연출했다.

아직 고성이 오가거나 대놓고 적의를 드러내고 있지는 않았지만, 잠시 후엔 그렇게 될 것임을 양측 모두 알았다.

"황제 폐하 드시옵니다."

대전의 문이 열리며 황제가 들어선 순간, 무겁던 침묵의 공기가 깨졌다.

요 며칠 심기가 불편했던 탓인지 황제의 얼굴은 완전히

굳어 있었다. 늘 나이보다 어려 보였던 그이거늘, 오늘은 서너 살은 족히 더 들어 보일 정도로 핼쑥하게 야위었다.

아마도 수만 가지 생각들이 머릿속을 오갔을 것이다. 근래 그를 가장 즐겁게 해 주었던 어린 아내와 막둥이 아들, 거기에 친어머니와 다음 황위를 물려줄 장남까지 전부 얽힌 일이었다.

황제가 대신들에게 제일 먼저 어떤 말을 꺼낼지 귀추가 주목되었다.

"많이들 왔군."

황제가 기억하기로 이처럼 대전 안이 신하들로 가득했던 적은 없었다. 그가 대신들을 차갑게 일별하며 본론으로 바로 들어갔다.

"며칠 전 궁에서 벌어진 불경한 사태에 관해선 다들 들어서 알고 있겠지. 짐은 그에 대한 조사가 끝날 때까지 어떤 사견도 듣지 않기 위해 모든 알현 신청을 받지 않았네. 하니 그에 대한 불만이 있었다면 삼가게."

"폐하! 얼마나 심려가 크셨습니까! 신들은 그저 폐하의 안위만을 걱정하였을 뿐입니다!"

선수를 친 건 보이텍 후작 측이었다. 이번 일에 자기들이 우위를 점하고 있다 여긴 듯, 목소리며 태도가 뻣뻣하고 당당했다.

"어찌 린데만 황태자 전하께선 그리도 끔찍한 일을 저지르셨단 말입니까. 신은 지금도 도저히 믿기지가 않사옵니다!"

"아무리 이복 아우라고는 하나, 카를 황자 전하 또한 폐하의 고귀한 피를 이으신 분입니다! 더욱이 이제 갓 탄생한 약하디약한 아기님이 아니십니까!"

"이는 절대로 그냥 지나치실 문제가 아니옵니다. 제국의 황실에 이처럼 무자비한 선례를 남기시면 절대로 아니 되올 것입니다!"

직접적으로 황태자를 벌하고 폐위해야 한다는 말은 나오지 않았지만, 그들이 주장하는 바의 뜻은 모두가 같았다.

극악무도한 짓을 행하였으니 그에 마땅한 처벌을 해야 한다. 아울러 황태자의 자리에서도 당장 물러나게 해야 한다.

이 두 말을 돌아가며 뱉어 내고 있었다.

그 모습을 경직된 표정으로 지켜보고 있던 황제가 돌연 란데르트 공작을 향해 물었다.

"란데르트 공작, 그대는 왜 아무 말씀이 없으십니까? 그대 역시 대신들과 같은 생각이신 겁니까?"

그제야 보이텍 후작과 그의 사람들이 뾰족해진 눈빛으로 공작을 응시했다. 린데만 황태자를 지지하는 그가 왜 여태 아무런 발언도 하지 않고 있는지 고소해하는 한편, 경계하는 기색들이었다.

"폐하, 송구하오나 신은 지금 그것이 문제가 아니라 사료되옵니다."

"무어라? 그게 문제가 아니다?"

"이보십시오, 란데르트 공작! 카를 황자 전하와 카트린느 황비 마마께서 황태자 전하의 검에 베어 상흔을 입으셨소! 이 신성한 황궁에서 황족이 피를 보았는데, 그것이 지금 아무 문제도 아니라는 겁니까? 공작께선 혹 여기가 어디 전쟁터라도 되는 줄 아시는 것이오?"

덤덤한 공작의 대꾸가 도화선을 건드린 모양이었다. 대신들이 너도나도 대로하며 항의하듯 목청을 높였다. 졸지에 실내가 시장통이라도 된 듯 소란스러워졌다.

"다들 말씀 끝나셨소?"

창문 사이로 여름의 뜨거운 햇살이 대전 안을 비추고 있었다. 그 빛 아래에서 흐트러짐 없는 자세와 시선으로 공작이 대신들의 면면을 살피었다.

그 일련의 동작에 대신들은 저도 모르게 주춤거렸다. 란데르트 공작은 그저 바라보았을 뿐이지만, 떠들던 이들로선 그의 손아귀에 멱살이라도 잡힌 것만 같은 기분이었다. 주룩, 등골에서 땀방울이 흘렀다.

"하면 신이 마저 말씀 올리겠습니다."

공작은 차분한 음색으로 준비한 말을 꺼냈다.

"현재 가장 급한 것은 황태후 마마와 카를 황자 전하의 옥체입니다. 태후 마마께선 의식이 불명하시고, 황자 전하께선 꾸준한 신성력 치료에도 불구하고 좀처럼 상처가 아물지 않으십니다. 두 분께서 건강을 회복하시는 게 먼저가 되어야 하지 않겠습니까?"

린데만 황태자를 두둔할 거라 여겼던 란데르트 공작의 입에서 전혀 예상치 못한 얘기가 튀어나오자 보이텍 후작은 눈에 띄게 당황했다. 특히나 공작이 신성력 치료를 말했을 땐, 찰나지만 이를 사리물며 어딘가를 노려보기까지 하였다.

그 순간을 공작의 매서운 눈길이 좇았다. 그리고 그건 바율 역시 마찬가지였다.

'아니, 저자가 어떻게······?'

공작은 물론 바율의 눈이 상대를 확인하고 크게 벌어졌다. 아닌 게 아니라 대전 안에 헥터 공작, 아니, 헥터 후작이 있었기 때문이다.

제국의 귀족이니 이 자리에 있을 자격은 있다지만, 그는 모든 관직에서 물러나고 칩거한 상태였다.

그런데 갑자기 이곳엔 왜 나타났을까.

그리고 보이텍 후작은 그를 왜 노려보았을까.

참으로 기묘한 상황이 아닐 수 없었다.

"역시 짐의 마음을 알아주는 이는 란데르트 공작, 그대 밖에 없군요. 안 그래도 요즘 어마마마와 황자 때문에 짐의 심정이 말이 아닙니다. 어찌하여 신성력 치료가 아무런 소용이 없는지……."

황제는 괴로운 듯 이마를 짚으며 말끝을 흐렸다. 그러자 보이텍 후작이 죄라도 지은 사람처럼 허리를 깊게 숙이며 아뢰었다.

"폐하, 카를 황자 전하는 너무 걱정 마시옵소서. 아직 옥체가 미숙하시어 신성력을 받아들이는 데 무리가 있을 뿐, 곧 차도를 보이실 겁니다."

"그 말이라면 나도 신관에게 들었네. 어쩜 다들 하나같이 같은 소리만 내뱉던지!"

카를 황자가 상처로 인해 울음을 터뜨릴 때마다 황제는 사제들의 무능함에 분노와 짜증이 동시에 치솟았다. 그 어린 게 열이 펄펄 끓는데도 자신은 아무것도 할 수 없다는 것에 무력감을 느끼기도 하였다.

린데만과 그레이스가 어릴 때는 이토록 심하게 아팠던 적이 없었기에 당혹스럽기까지 했다.

거기에 어머니마저 의식을 잃고 쓰러지셨다. 지병이 있

으시긴 했지만, 이처럼 한순간에 혼수상태에 빠지실 줄은 꿈에도 몰랐다.

이러다 영영 회복하지 못하시고 그의 곁을 떠나시게 되는 것은 아닌지. 그에 대한 염려로 황제는 무엇도 입으로 삼킬 수가 없었다.

어디 그뿐인가.

의뭉스러운 사제의 죽음과 그를 쫓다 곤란에 처한 황태자의 문제 역시 아직까지 아무런 해결의 실마리를 찾을 수 없어서 골치가 아팠다.

일단 상황이 악화되는 것을 막기 위해 황태자와 어머니의 시녀들을 옥에 가두기는 했지만, 현재로선 딱히 묘수가 떠오르지 않았다.

"폐하, 아뢰옵기 황공하오나 궁 밖에서 치료사를 들여도 되겠습니까?"

헥터 후작이 무슨 꿍꿍이로 다시 등장했는지는 추후 알아보면 될 터였다. 란데르트 공작은 우선 황제에게 주청을 올렸다.

"치료사? 혹 그대가 잘 아는 용한 자가 있습니까?"

"신이 아는 한 그처럼 뛰어난 치료사는 이 제국에 없을 것입니다."

자신만만한 공작의 대꾸에 황제의 안색이 대번에 밝아졌

다. 반면 보이텍 후작은 하얗게 질린 얼굴로 결사반대를 외쳤다.

"폐하! 이는 아니 될 일이옵니다! 어찌 황족의 몸을 어의가 아닌 자에게 맡길 수 있단 말입니까! 황실의 법도에 어긋나옵니다!"

"보이텍 후작! 지금은 법도 따위를 따질 때가 아니라는 걸 진정 모르시오? 황자의 목숨이 위태로운 마당에, 외조부라는 자가 고작 한다는 말이 그것이오?"

누군들 황자를 낫게만 할 수 있다면 백 번이든 천 번이든 입궁을 허락할 수 있었다. 더욱이 무려 란데르트 공작이 추천하는 이가 아닌가.

후작의 반대에 황제는 눈을 부라리며 노기를 드러냈다.

"하, 하오나 폐하! 이것은 선례가 없던 일이옵니다. 제국 역사상 어의가 아닌 자가 황족을 진찰하고 치료하였던 적은 단 한 번도 없었습니다!"

보이텍 후작의 말이 거짓은 아니었다. 예로부터 황실은 법도를 중시 여겼고, 그로 인해 미리 허락되지 않은 이들은 황족의 몸에 손을 댈 수 없었다.

"만에 하나 그자가 다른 마음을 품기라도 하면 어찌하옵니까? 황자 전하를 위하신다면 부디 란데르트 공작의 청을 거두어 주시옵소서!"

란데르트 공작과 대치하는 보이텍 후작의 입장에선 그가 나서는 것이 충분히 싫을 수도 있었다.

하나 카를 황자는 보이텍 후작의 손자였다. 그리고 지금은 그런 황자의 생명을 보장할 수 없는 위급한 사태였다.

후작과 그의 측근들은 미래에 새로운 황태자로 카를 황자를 추대하는 것이 목표였다. 당연히 그들로서는 황자가 하루라도 빨리 쾌차하는 게 이로웠다.

게다가 정치적으로 대립하고는 있지만, 란데르트 공작의 공명정대함은 대신들 모두가 인정하는 바였다. 그는 무엇 하나 허투루 말하거나 행동하는 법이 없었고, 더러운 술수를 쓰지 않고도 제 의지를 실현할 만한 능력을 갖춘 자였다.

공작이 추천할 정도의 인물이라면 카를 황자를 낫게 하는 데 분명 긍정적인 역할을 할 것이다.

그것을 보이텍 후작 또한 모를 리 없을 텐데, 어째서 이토록 강하게 반발하는 것일까. 같은 편인 이들 눈에도 과하다는 느낌을 지울 수가 없었다.

"보이텍 후작께선 저를 아주 파렴치한으로 생각하고 계신 모양입니다."

란데르트 공작은 무심한 시선을 들어 후작을 바로 응시했다.

"설마 제가 린데만 황태자 전하를 위해 카를 황자 전하를 시해하기라도 할까 봐 걱정하시는 겁니까?"

"무, 무슨 그런 말씀을 하시오!"

공작이 무서운 소리를 입에 담자 보이텍 후작이 기겁하며 펄쩍 뛰었다.

방금 그건 분명 '다른 마음을 품기라도 하면 어찌하냐'는 제 발언을 겨냥한 것임이 틀림없었다.

대전에서의 말은 한 번 뱉으면 다시는 주워 담을 수 없었다. 어떻게든 막아야 한다는 생각에 그만 실언을 하고 말았다.

공작과 눈이 마주치자 후작의 궁핍한 눈동자가 갈대처럼 이리저리 흔들렸다.

"저는 단지…… 그자가 누구인지도 모르거니와…… 원래 황실의 법도가 그러하기에……."

보이텍 후작으로선 겨우 댈 수 있는 핑계가 고작 이것뿐이었다.

"법도, 중요하지요."

란데르트 공작은 마치 사냥을 앞둔 사냥꾼처럼 날카롭게 눈을 번뜩였다.

"하면 이리하는 것은 어떻겠습니까? 여기 계신 모두가 참관하는 자리에서 황자 전하를 치료하면, 안심이 되시겠습니까?"

"뭐, 뭐요?"

"폐하와 대신들이 보는 앞에서 감히 어느 누가 나쁜 마음을 먹을 수 있겠습니까? 원래 치료는 조용히 이루어지는 것이 일반적이긴 하나, 제가 아는 자는 능력이 워낙에 출중하여 그런 데 구애받지 않더군요. 그라면 필시 카를 황자 전하의 부상을 순식간에 치료할 수 있을 겁니다."

"란데르트 공작! 정녕 그 정도로 능력이 뛰어난 인물이란 말입니까?"

수십 명의 고위 사제들이 달려들어도 낫지 않는 상처였다. 한데 란데르트 공작은 망설임 없이 고칠 수 있을 거라고 말했다. 그가 이렇게까지 장담하는 것을 황제도, 대신들도 본 적이 없었다.

"폐하, 신의 말에는 어떤 거짓도 과장도 없사옵니다."

"그 치료사를 당장 들입시다! 황자 전하께서 나으실 수만 있다면 무엇인들 못 하겠습니까!"

"맞습니다! 지금은 황실의 법도보다 전하의 생명이 더욱 중요합니다!"

결국 보이텍 후작 측에서도 공작의 처사를 따라야 한다며 뜻을 보탰다.

이미 대세는 기울었다. 여기서 더 반대를 했다간 오히려 보이텍 후작을 수상히 여길 수 있었다. 그로서는 빠져나갈 방법이 없었다.

'제기랄!'

절로 주먹이 꽉 쥐어졌다. 행여 란데르트 공작이 벌써 눈치를 챈 것은 아닐지 심장이 다 두근거렸다.

'저 망할 자식 때문에!'

다시 한번 보이텍 후작의 눈초리가 헥터 후작에게로 향했다. 그는 천하의 원수라도 보듯 살기를 숨기지 않았다.

다들 카를 황자가 나을 수 있게 되었다며 안심하느라 미처 그런 후작의 모습을 보지 못했지만, 란데르트 공작과 바율은 그 둘에게서 눈길을 거두지 않았다.

처음엔 의문이었으나, 이제는 알 것 같았다.

카를 황자에게 걸린 흑마법.

그건 보이텍 후작의 짓이 아니었다. 카트린느 황비 역시 아니었다. 갓 태어난 자신의 손자에게, 아들에게 그러한 행위를 할 이유가 그들에겐 없었다.

이유는 아직 알 수 없지만, 카를 황자에게 흑마법을 건 것은 헥터 후작이었다.

란데르트 공작과 바율은 그렇게 확신했다.

3.

공작이 추천한 치료사가 황궁에 당도하는 대로 회의를 재개하기로 하였다. 황제는 밀린 업무를 해결하러 오랜만에 집무실로 향했고, 귀족들은 이후 대책을 논의하기 위해 뜻이 맞는 이들끼리 재차 모여 사견을 나누었다.

하지만 보이텍 후작은 그럴 시간도, 정신적 여유도 없었다. 그는 대전을 나서자마자 부리나케 딸의 처소로 이동을 서둘렀다. 그는 전혀 몰랐지만, 그런 그의 뒤를 살랑바람이 뒤따랐다.

"아버지!"

카트린느가 머무는 황비궁은 황제의 거처보다도 경비가 삼엄했다. 병사들이 촘촘하게 입구와 벽을 둘러싸고 있어 황비의 허락 없이는 개미 새끼 하나 드나들 수 없을 정도였다.

그 빽빽한 경계를 넘어 보이텍 후작이 실내로 들어서자 기다렸다는 듯 카트린느가 침실에서 뛰쳐나왔다.

"회의 결과는요? 폐하께선 뭐라고 하세요? 황태자를 폐위하시겠대요?"

황제는 매일 같이 카를 황자를 보러 왔지만, 황태자에 대한 말은 거론조차 안 했다. 먼저 물어보자니 숨겨 왔던 욕망을 드러내는 것 같아서 그럴 수도 없었다.

카트린느는 기대에 찬 눈빛으로 아비의 답을 주목했다.

"지금 그것이 문제가 아니다!"

"…예?"

그러나 예상과는 동떨어진 답변에 그녀의 인상이 와락 무너졌다.

"공작이 직접 치료사를 데려오겠단다!"

"그게 무슨 말씀이세요? 치료사를 누가, 왜 데려와요?"

"누구긴 누구야! 공작이 이 나라에 둘이라도 된다더냐?"

보이텍 후작은 재킷을 벗으며 거칠게 내려놓았다.

"란데르트 공작이 능력 있는 치료사를 추천하더구나! 어떤 상처도 순식간에 낫게 할 수 있다며 어찌나 자신감을 드러내던지!"

꿀 먹은 벙어리라도 된 듯 아무 말도 할 수 없었던 자신의 처지가 떠오르자 후작의 얼굴이 다시금 벌게졌다.

"공작이 정말 카를을 치료할 수 있대요?"

란데르트 공작이 말을 함부로 하지 않는 자라는 건 카트린느도 아는 사실이었다. 그녀가 얼빠진 사람처럼 소파에 털썩 주저앉았다.

"하지만…… 카를은 흑마법에 걸렸는데…… 그게 가능할까요?"

"쉿! 그 말은 입에 올리지도 말라 하지 않았더냐!"

아무리 철통같은 방비를 서고 있다지만, 조심하고 또 조심해야 했다. 카를 황자에게 흑마법이 씌었다는 사실이 알려지면, 꼬리에 꼬리를 물고 모든 것이 밝혀질 터였다. 그러면 그들 모두 끝장이었다.

"이게 전부 헥터, 그놈 때문이다! 아무리 급했어도 손을 잡는 것이 아니었는데!"

"그자가 황자에게 그딴 짓을 할 거라곤 아버지도 저도 생각하지 못했잖아요."

"헥터 후작은 본래가 영악한 자다! 중앙 정계에서 멀어졌다고 내가 그를 너무 안일하게 본 것이야. 놈이 마법으로 미리 술수를 건 줄도 모르고 덜컥 아기를 받아 왔으니……멍청하고 아둔한 짓이었다."

"하지만 당시엔 그게 최선이었어요. 후작이 비슷한 시기에 태어난, 황제를 닮은 아기들을 죄다 잡아다 죽인걸요. 카를이 마지막이었다고요."

카트린느도 어쩔 수 없었다. 헥터 후작이 그녀가 자신과 달수가 비슷한 사내아이를 찾는다는 것을 알고 처음 찾아왔을 땐, 헛소리하지 말라며 내쳤었다.

그러나 황제의 아들이라고 속일 수 있을 만한 아이는 전부 헥터 후작의 손아귀에 있었다. 더 이상 잃을 것도, 물러

날 곳도 없는 후작은 맹목적으로 그 일만 파고들었고, 결국 성공했다.

"카셀 오라버니는 대체 언제쯤 입궁하신대요?"

이제 기댈 곳은 대마법사인 오라비뿐이었다. 대관절 캐링스턴에서 뭘 하고 지내는지 사람을 보내도 연락이 없었다.

"공작의 치료사보다 먼저 도착해야만 해요. 카를이 흑마법에 걸린 게 들키면 저희는 폐하께 죽은 목숨이라고요!"

한시바삐 그가 당도하여 흑마법을 풀어 주어야 어떻게든 이 사달을 마무리 지을 수 있었다. 이후에도 해결해야 할 사안은 많았지만, 일단은 급한 불부터 끄고 봐야 했다.

물론 그 모든 건 그저 그녀의 바람일 뿐이었다.

"그건 네 오라비가 와도 불가능한 일이다."

언제부터였을까. 비릿한 미소를 머금은 채 헥터 후작이 문가에 비스듬히 기대 서 있었다. 그런 그의 곁에는 시커먼 로브로 온몸을 둘러싼 문제의 사내가 그림자처럼 붙어 있었다.

"네, 네놈이 여기가 어디라고 감히 함부로 발을 들인단 말이냐!"

보이텍 후작은 헥터 후작을 발견하자마자 짐승이라도 된 듯 으르렁거렸다. 불과 작년까지만 하더라도 사돈이니 어쩌니 하며 돈독한 사이를 자랑했던 둘이지만, 헥터 가문이 주춤하면서 그들의 관계에도 금이 갔다.

물론 아들이 아닌 딸을 낳은 카트린느에게 헥터 후작이 친히 황제와 꼭 닮은 사내아이를 안겨 주면서 소원하던 관계가 나아질 조짐을 아주 잠깐 보이기도 했었다.

하나 헥터 후작이 그 아이에게 흑마법을 걸었다는 것을 알게 된 순간, 다시금 둘은 철천지원수가 되고 말았다.

"말이 상당히 짧아졌군. 이제는 같은 후작이다, 그건가?"

"지금 그런 게 대수요? 당신이 저지른 짓거리 때문에 모든 게 들통나게 생겼는데! 당신이 황자에게 흑마법을 씌우지만 않았어도 사건은 벌써 마무리가 되었을 거요!"

일이 꼬인 건 전부 거기에서부터였다. 신성력 치료로 상처가 금방 아물었다면 애초에 이따위 불안감에 시달릴 필요가 없었다. 계획대로 황태후는 저세상 사람이 되었을 거고, 황태자도 폐위를 면치 못했을 것이다.

완벽에 가까웠던 그 계략을, 헥터 후작이 모조리 망쳐 버렸다.

"쯧쯧, 이렇게 멍청해서야."

흥분한 보이텍 후작과 달리 헥터 후작은 여유를 부리며 천천히 걸어와 소파에 몸을 걸쳤다. 그의 뒤로 로브 사내가 조용히 시립했다.

"카를 황자를 데려온 게 나라는 걸 그새 잊은 건가?"

"내가 받고 싶어서 받은 줄 아시오? 당신이 그 또래의 사내아이들을 몽땅 죽여 버리는 바람에 어쩔 수 없었던 거지!"

"그걸 달리 표현하면 능력이라 하는 것일세."

헥터 후작의 뻔뻔한 대꾸에 보이텍 후작은 그저 이를 갈았다.

능력이야 그에게도 충분했다. 그러나 그가 헥터 후작과 다른 점이 있다면, 좀 더 몸을 사려야 한다는 것이었다.

그는 황제의 총애를 받고 있는 황비의 아비였다. 자연스레 남들 눈에 더 띌 수밖에 없었고, 그래서 일을 행함에도 조심스러웠다.

반면 가문의 재도약을 꿈꾸는 헥터 후작은 이번 일에 무서울 정도로 집착하며 거칠 것 없이 행동했다. 덕분에 언제나 그들보다 한발 앞서 나갔고, 오늘의 사태까지 이르렀다.

그의 절박함과 광기를 예측하지 못한 것이 실수라면 실수였다.

"그리고 내가 뭘 믿고 아이만 덜컥 내주겠는가? 나만 죽으면 이 비밀이 영원히 묻힐 텐데, 과연 아쉬울 게 없어진 그대가 날 얌전히 두었을까?"

정곡을 찌르는 헥터 후작의 말에 보이텍 후작과 카트린느 황비는 그를 노려보기만 하였다.

이래서 썩은 동아줄은 잡지 말라고 하는가 보다. 예전으로 돌아간다면 또다시 그의 손을 잡을 게 뻔하지만, 지금만큼은 그 순간이 너무나도 후회스러웠다.

"난 그저 보험이 필요했을 뿐이네. 이왕이면 미래의 황제가 내 말대로 움직여 주면 좋을 일 아닌가?"

"…그래서 그 갓난아기에게 '종의 낙인'을 찍으신 겁니까? 당신의 꼭두각시 황제로 만들기 위해?"

처음엔 전혀 몰랐다. 아이의 발바닥에 기이한 모양의 점이 있긴 했었지만, 마법, 특히나 흑마법에 무지한 후작과 황비는 대수롭지 않게 여기고 지나쳤다. 그리고 현재 그 대가를 톡톡히 치르는 중이었다.

"그 갓난아이의 몸에 상처를 낸 것이 누구였더라?"

"그건……!"

카트린느 황비가 변명하려다 말고 입을 꾹 다물었다. 그러자 헥터 후작이 그녀를 경멸하듯 쳐다보며 조소했다.

"애당초 제 자식이 아니니 그런 짓까지 서슴없이 벌인 거겠지. 네 딸이었어도 네가 그럴 수 있었을까?"

카를 황자의 몸에 직접 칼을 댄 것은 카트린느 황비였다. 황태자에 대한 황제의 분노를 이끌어 내기 위한 선택이었다. 그녀로서는 어쩔 수 없었다고는 하나, 그 위치가 자칫 잘못하다간 치료도 받기 전에 죽을 수도 있는 위험천만한 부위였다.

"이제 갓 태어난 이복 아우를 시해하려 했다는 것이야말로 폐태자가 되기에 손색이 없는 구실이니까요. 당신이 흑마법을 걸었다는 걸 알았으면 내가 미쳤다고 그랬겠어요?"

"훗! 여전히 내 탓이로군. 딸을 버린 비정한 어미다운 대답이야."

"…버리긴 누가 버려요? 태어나자마자 죽은 아이인데!"

"저런, 그 말을 여태 믿었던 건가?"

"뭐, 뭐라고요?"

헥터 후작의 태연한 물음에 카트린느 황비와 보이텍 후작은 별안간 모골이 송연해졌다.

"모름지기 보험은 많을수록 더 안전한 법이지."

"그, 그게 무슨 뜻이오! 보험이라니!"

"설마…… 내 딸이 살아 있다는 거예요? 하, 하지만 어떻게……!"

자식을 낳자마자 준비해 두었던 사내아이와 바꿔치기를 했다. 차마 열 달 배불러 낳은 아이를 제 손으로 죽일 수는 없어 멀리 타국으로 보낼 계획이었는데, 도중에 아이가 죽었다는 말을 들었다.

카트린느는 차라리 잘 되었다고 생각했었다. 황가의 자식으로 태어나 평범하게 살 바엔 그편이 나은 거라고 몇 번이고 스스로를 다독였다.

그런데 이 미친 후작이 이제 와서 뭐라는 것인가.

"혹시 모를 만일의 사태에 대비해서였네. 야욕을 위해 친딸마저 버린 어미이니 이쪽엔 먹히지 않겠지만, 저쪽은 좀 다를 것 아닌가?"

"저쪽이라니…… 그, 그러니까…… 지금 내 딸을 가지고 폐하를 협박이라도 할 거란 뜻인가요?"

"만일의 사태라 하지 않았나. 나도 그런 일까지 생기길 바라진 않거든."

"이 더럽고 야비한 놈! 네놈이 기어이 나와 내 가문까지 망치려 드는구나!"

"말은 똑바로 하게. 황태후에게 꼬리를 밟히지 않았다면 우린 여전히 사이좋은 동맹 관계였을 테니까. 난 카를 황자가 성인이 될 때까지 얌전히 기다려 줄 의향이었다고."

"당신이 퍽이나 그랬겠군요!"

죽은 줄 알았던 딸이 살아 있었다. 그것도 저 망할 후작의 손아귀 안에서.

있지도 않았던 모정이 뒤늦게 생긴 것은 아니었다. 그저 조마조마한 요소가 하나 더 있다는 게, 그것도 가장 불안한 상대에게 있다는 사실이 불쾌했다.

"허허, 내 속을 다 까뒤집어서 보여 줄 수도 없고. 이것 참 난감하군."

난감하다는 사람치고 헥터 후작의 입꼬리는 샐쭉 말려 올라가 있었다. 그것이 부녀를 바짝 약 오르게 했지만, 현재 판세의 열쇠를 쥔 자는 그들이 아니라 헥터 후작이었다.

"표정들을 보니 이제 슬슬 내 이야기를 들을 준비가 된 듯한데…… 어디, 시작해도 되겠나?"

"…그리하면 카를 황자에게 건 흑마법을 풀어 줄 것이오?"

"아니. 그건 보험이라니까."

"지금이 보험 타령할 때인가요? 그것 때문에 상처가 낫질 않고 있잖아요! 란데르트 공작이 추천한 치료사가 도착하면 단번에 눈치챌지도 모른다고요!"

"하니 그 전에 치료를 해야지."

"핫! 어떻게요? 신성력을 있는 대로 쏟아부어도 듣지를 않는데!"

"치료는 사제만이 할 수 있는 게 아니야."

그렇게 말하며 헥터 후작은 뒤를 흘깃거렸다. 그제야 보이텍 후작과 카트린느 황비는 로브 사내를 의식했다. 감정이 격앙된 데다 워낙에 존재감이 없다 보니 그만 잊고 있었다.

"저자가…… 황자를 치료할 수 있다는 뜻이오?"

사실 그들로서는 흑마법사가 꺼림칙했다. 또다시 이상한 마법이라도 걸면 어쩌나 싶은 게 솔직한 심정이었다.

"보통 사람이라면 신성력 치료가 훨씬 잘 통하겠지. 그러나 흑마법에 걸린 자는 같은 흑마법의 계열로 치유를 해야 하네. 신성력보다 낫는 속도는 더디지만, 결과적으로는 그래야 완치가 가능하지. 처음부터 그대들이 날 찾아왔으면 이렇게까지 사건이 커지질 않았을 것을."

애당초 멋대로 흑마법을 걸어 둔 건 헥터 후작이었다. 권력을 탐해 사악한 음모를 꾸미고도 모든 일의 탓은 두 사람에게 돌리고 있었다.

후작과 황비는 목구멍에서 욕이 한 바가지 튀어나올 듯했지만, 황자를 치료할 수 있다는 말에 가까스로 노기를 가라앉혔다.

어차피 돌이킬 수 없는 강을 건넜다. 마음 같아서는 당장이라도 헥터 후작의 배를 갈라 내장을 꺼내고 사지를 찢어 발기고 싶었다.

하나 지금은 때가 아니었다.

아직은 헥터 후작이 필요했다.

"앞으로는 처신들 바르게 하게. 안타깝게도 우리 황제 폐하께선 눈치가 빠르신 편이거든. 물증은 없지만, 이미 의심을 하고 계실 것이야."

"알아요. 그래서 황태자를 옥에 가두신 거. 그런데, 그게 뭐요? 당신이 말하는 그 증거가 하나도 없잖아요. 저자가 카를만 낫게 해 주면 전부 해결될 문제 아닌가요?"

"똑똑한 줄 알았는데, 의외로 순진한 구석이 있었군."

앙칼지게 되받아치는 카트린느를 헥터 후작이 잠시 어이없다는 듯 바라봤다.

하긴, 그래 봤자 이제 고작 스무 살 먹은 계집이었다. 반반한 얼굴과 세도가인 가문의 힘만 믿고 여태껏 마음 편하게 살아왔으리라.

제가 몸을 섞은 황제의 속에 구렁이가 수만 마리쯤 들어 있다는 걸 알 리가 없겠지. 그런 그가 그리 신뢰하는 란데르트 공작의 진정한 무서움도 모를 것이고.

다만 헥터 후작은 이번만큼은 자신 있었다. 제아무리 공작이 뛰어나다 한들 검술에 한에서였다.

최소한 흑마법에선 자신이 한 수, 아니 몇 수를 더 앞서고 있었다. 정령사인 아들 덕에 공작의 위상이 더욱 높아졌다고는 하나, 흑마법만큼은 결코 깨뜨릴 수 없을 것이다.

'내가 이자를 어떻게 얻었는데!'

어마어마한 금액을 치르고 타국에서 데려온 귀한 인재였다. 지금은 신분을 감추기 위해 로브로 온몸을 가리고 그의 수하인 척 굴고 있지만, 상대는 사실 헥터 후작과 동등한 위치의 사람이었다.

후작은 그에게 개국 공신에 준하는 작위와 재산을 약속했고, 그는 그에 대한 대가로 힘을 보태는 중이었다.

"황제가 의구심을 갖게 된 이상 그 역시 치워 버려야 해."

"뭐, 뭣이오?"

이제껏 계속해서 수위 높은 위험한 발언을 주고받긴 했지만, 이처럼 무서운 얘기를 직접적으로 꺼내기는 처음이었다. 헥터 후작의 냉연한 미소를 마주하자 보이텍 후작의 심박 수가 가파르게 상승했다.

"수렴청정. 그대들이 원하는 바가 아니었던가?"

"다, 당신 진짜로 미쳤군요!"

카트린느가 경악하며 비명을 질렀다. 헥터 후작이 이렇듯 대놓고 반역을 논할 줄은 몰랐는지, 그녀의 손이 덜덜 떨리기까지 했다.

"권력을 위해 아이까지 바꿔치기한 주제에 뭘 그렇게 놀라지? 간이 이다지도 작아서야 같이 대의를 도모할 수 있겠나?"

수렴청정은 미끼였다. 가진 바 능력보다 욕심이 큰 부녀를 낚기 위한 일종의 먹잇감이다.

흑마법을 이용해 황제와 황태자를 전부 몰아낸 뒤 카를 황자를 황제로 추대하면, 모든 게 다시 예전처럼 돌아갈 수 있었다. 수용소로 끌려간 자레드도 데려올 수 있을 것이다.

그걸 위해 힘들게 흑마법사를 끌어들였다. 종의 낙인은 오랜 시간 공을 들여야만 효과를 발휘하는 마법이었다. 그리고 그 효과가 나타나는 날, 저들은 자신이 키운 황자의 손에 목이 날아가게 될 터였다.

장밋빛 앞날이 눈앞에 드리우자 헥터 후작의 입가에 절로 웃음기가 어렸다.

"시간이 부족하다고 했던 것 같은데. 그 치료사가 와도 상관없나 보지?"

여전히 기함한 상태의 둘을 향해 후작이 나직하게 경고하자, 카트린느가 번뜩 정신을 차리며 일어섰다.

방금 무슨 말을 들었든, 일단은 움직여야 했다.

"신전이에요. 카를은 신전에 있습니다."

"여기로 데려올 수 있겠나?"

"그건 불가능해요. 아무리 치료를 해도 낫질 않아서 폐하의 명으로 어제부터 거처를 신전으로 옮겼거든요. 완치할 때까지는 절대 신전 밖으로 나오지 못하도록 하셨어요."

헥터 후작은 가만히 로브의 사내를 돌아보았다. 어찌하겠냐는 물음이었다.

잠시 고민하는 듯하던 사내는 고개를 살짝 끄덕이는 것으로 자신이 몸소 가겠다는 뜻을 내비쳤다. 남들 눈을 피해 여기까지 왔으니, 그 또한 그에게는 어렵지 않은 일인 듯했다.

"다시 연락하지."

용무가 끝난 헥터 후작과 사내는 미련 없이 돌아섰다. 황비궁을 나선 그들은 바로 신전이 위치한 방향으로 향했다.

휘이잉, 그 뒤를 재차 산들바람이 따라붙었다.

Chapter 4.
괴물 치료사

1.

　창공에서 바라본, 석양에 물든 베르가라의 모습은 가히 장관이었다. 강렬한 여름 햇살을 받아 황금빛으로 반짝이는 풍광이 보는 이들의 심장을 멎게 할 만큼 화려하고도 아름다웠다. 어수선한 궁궐 내부의 사정은 조금도 느낄 수 없을 정도로 압도적인 경관이었다.

　"우욱!"

　그러나 그 장면을 목격하고도 아무런 감흥이 없는 자들이 여기 넷이나 있었다. 개중 한 명은 아예 바닥에 주저앉아 낮에 먹은 것을 토해 내는 중이었다.

　"리타, 괜찮아?"

템페스타가 안절부절 어찌할 바를 모르며 리타의 주변만 왔다 갔다 했다.

"미안해. 그치만 바울이 빨리 데려오라고 했단 말이야."

이번에는 템페스타도 억울했다. 리타는 녀석이 좋아하는 몇 안 되는 인간 중 한 명이었다. 식사 시 음식을 나를 때마다 자신이 최고라며 늘 칭찬해 주던 그녀였기에 되도록 안전하게 비행을 하려 했었다.

하지만 바울이 아주 심각한 말투로 서둘러 와 달라고 부탁했다. 그래서 리타에게 양해를 구하고 속도를 조금 높였는데, 결국 이렇게 되고 만 것이다.

행여 이 일로 리타가 자신을 미워하게 되는 건 아닌지 템페스타의 속이 타들어 갔다.

그런 녀석의 마음을 눈치라도 챈 것일까.

리타가 고개를 숙인 채 힘겹게 손을 들어 흔들었다.

"…응, 템페스타. 나 괜찮아. 잠깐만 쉬면 돼."

이제 더는 게워 낼 것도 없었다. 태어나 처음으로 하늘을 나는 경험을 했다. 초반엔 살짝 신이 났고, 그다음엔 무섭기도 했다.

그러나 지금은 울렁거리는 속 때문에 아무 생각도 들지 않았다. 하늘을 난다는 건 상상보다 훨씬 버거운 일이었다.

"많이 힘들면 바율한테 좀 있다가 간다고 할까?"

"아니! 그건 안 돼!"

축 처져 있던 리타의 머리가 번쩍 올라왔다. 안경 너머 그녀의 초록색 눈동자가 살벌하게 빛나며 절대 반대를 외쳤다.

"도련님께서 날 급하게 찾으셨다며. 분명 무슨 일이 생기신 거야."

창백하게 질린 낯과는 대조되는 단호한 음성이었다. 그녀가 결의에 차서는 무거운 몸을 일으켰다.

"아무튼, 고집불통이라니까."

몇 발자국 뒤에서 그녀를 지켜보고 있던 데스가 툴툴거리며 다가왔다. 그러곤 그녀의 등을 가볍게 두어 번 두드렸다.

"뭐 하는 거예요?"

마치 왜 내 몸에 함부로 손을 대냐는 듯, 리타의 눈초리가 매서워졌다.

랑트에서의 사건 이후로 알게 모르게 데스에게 친절해진 리타였지만, 그건 어디까지나 음식에 한해서였다. 이처럼 그가 스스럼없이 접촉하는 것까지 허락하진 않았다.

"이러면 좀 나아질 거야."

"겨우 등 몇 번 두드리는 걸로 상태가 좋아진다고요?"

한평생 그런 소리는 들어 본 적도 없었다. 어린 시절, 마차를 처음 탔을 때도 멀미 증세를 느꼈었다. 그때의 경험상 멀미증이 사라지려면 참으면서 익숙해지는 수밖에는 없었다.

"나는 그래. 벌써 괜찮아진 것 같지 않아?"

"데스 씨, 내가 아무 때나 허풍 떨지 말라고 했죠? 가뜩이나 도련님께 무슨 일이 생겼을까 봐 걱정돼 죽겠는데, 데스 씨까지 이럴 거예요?"

"내가 뭘 했다고? 난 그냥 몸 좀 봐 준 건데."

"하아, 끝까지 정말……!"

하고 싶은 말은 많았지만 리타는 입을 다무는 쪽을 택했다. 멀미 때문에 시간을 지체했으니, 지금이라도 서둘러야 했다.

"템페스타, 얼른 가자!"

"응, 리타. 힘들어도 조금만 더 참아!"

이제 황궁이 코앞이었다. 템페스타는 최대한 리타의 몸이 흔들리지 않도록 신경을 바싹 곤두세운 채 바람을 일으켰다.

'…뭐지? 진짜로 몸이 편해졌잖아?'

다시금 토기가 올라올까 싶어 나름 긴장을 하고 있던 차였다. 템페스타가 인도하는 대로 공중으로 날아오른 리타는 일순 어리둥절하며 데스를 힐긋 살폈다.

신기하게도 그는 하늘을 나는 데 익숙해 보였다. 아니, 능숙한 것 같다고 해야 할까?

누가 들으면 망상이 지나치다고 하겠지만, 리타가 보기에 그는 꼭 템페스타의 도움 없이 비행하는 느낌이었다. 그리고 그건 그의 형인 크리스도 마찬가지였다.

두 형제가 어쩜 그렇게 아무렇지도 않은지, 리타는 자신만 힘들어하는 게 사실 약간 창피하기도 했다.

싱긋.

그때, 몰래 곁눈질하던 리타의 시선과 크루델리스의 눈이 허공에서 부딪쳤다. 그 눈길에 마황은 자애로운 미소로 화답했다. 잘 보이면 맛난 요리 하나라도 더 얻어먹을 수 있지 않을까 싶어서.

'뭐야. 갑자기 왜 웃는대?'

하지만 그런 그의 바람과는 달리 리타는 새초롬하게 고개를 팩 꺾었다.

조금 전 데스가 본인의 기운을 나누어 주었다고는 꿈에도 짐작하지 못한 채, 그녀는 황궁에 도달할 때까지 그렇게 곧은 자세를 유지했다.

2.

"바율, 나 왔어!"

"도련님!"

"리타!"

상황이 상황이니만큼 리타는 입궁 절차도 없이 바로 란데르트 공작의 집무실로 들어섰다. 멀쩡한 문을 놔두고 창문으로 떡하니 나타난 일행의 모습에 회의 중이던 몇몇 귀족들이 흠칫 놀라며 숨을 훅 들이켰다.

"죄송해요! 제가 너무 늦었죠?"

"아니야. 제때 잘 도착했어."

황궁이란 곳에 처음 와서 위축되면 어쩌나 걱정했던 게 허무할 정도로, 리타는 평상시 모습과 같았다.

공작의 집무실엔 그녀가 모르는 이들로 가득했지만, 그녀는 그런 데 전혀 눈길조차 주지 않고 득달같이 달려와 바율의 몸만 살피었다.

궁에 생긴 변고에 대해서라면 리타도 대충은 알고 있었다. 맥 보좌관이 소식을 가져왔을 때 그녀도 함께 있었기 때문이다.

누구보다 도련님을 믿기에 아무 일 없을 거라 안심을 하다가도, 습관처럼 염려가 되는 건 그녀도 어쩔 수가 없었다. 그래도 이렇듯 멀쩡하신 걸 마주하니 이제야 비로소 마음이 놓인다.

"휴우!"

안도의 한숨을 내쉬는 리타. 그녀는 그제야 란데르트 공작을 비롯한 다른 이들의 존재가 의식되었다.

"영주님!"

자신의 불경을 자각한 리타가 재빨리 허리를 숙이며 예를 갖췄다. 당혹감에 얼굴이 그야말로 홍당무처럼 새빨갛게 물들었다.

"남은 안건은 추후 다시 논의하는 것이 좋겠습니다."

리타가 왔으니 프리실라 황태후와 카를 황자부터 치료해야 했다. 기다렸던 그녀의 등장에 사다드가 얼른 나서 대신들을 물렸다.

리타의 능력을 비밀에 부쳐야 하기도 하지만, 그녀는 혼자 온 게 아니었다. 남들 앞에서 마족들과 제대로 된 대화를 할 수 있을 리가 없었다.

"인간 세상의 황제가 머무는 곳은 이렇게 생겼군."

귀족들이 나가자마자 마황이 널찍한 소파로 걸어가 편하게 몸을 기대어 앉았다.

마치 제집에 오기라도 한 듯 당당하게 구는 그의 태도에 리타의 미간이 우그러졌지만, 차마 영주님 앞에서 화를 낼 수 없어 입술만 달싹거렸다.

"그래, 무슨 일입니까?"

그런 리타의 속을 아는지 어쩐지, 존대와 평어가 섞인 기묘한 말투로 데스가 자리하며 물었다. 딴에는 리타를 의식해서 공손하게 뱉은 말이었지만, 마계의 총사령관인 그에게 존댓말은 참으로 어렵고 지난한 것이었다.

그는 원래 형이자 마황인 크루델리스에게도 서슴없이 막말을 해 대는 성격의 소유자였다. 게다가 이미 정체를 알 만한 사람은 다 아는 상황에서, 애써 하인인 척 연기를 할 필요도 없었기에 새삼 더욱 어색하고 힘들었다.

공간 이동으로 와도 될 걸, 템페스타가 이끄는 대로 조용히 여기까지 따라온 것 역시 제 본모습을 모르는 리타 하나 때문이었다.

"듣자 하니 내가 필요한 것 같던데요."

처음엔 리타를 부른 것을 보고 그녀의 요리 솜씨가 필요한가 싶었다. 그런데 바율의 태도를 보자니 그가 바라는 건 리타가 아니라 자신인 듯했다. 녀석이 자신도 함께 오고 있는 게 맞느냐고 따로 물어온 것이다.

데스 입장에선 그럴 만한 이유로 딱히 떠오르는 게 없어 내심 궁금하던 참이었다.

"그게, 흑마법사가 나타났습니다."

"흑마법?"

데스는 물론이고 마황의 인상이 와락 찌푸려졌다. 그들에게 '흑마법'이란 단어는 그리 달갑지 않은 존재였다.

마법은 알려지다시피 드래곤에게서 파생되었다. 드래곤의 전유물이라 할 수 있는 그것이 인간에게로 퍼지면서 적지 않은 변화가 생겼지만, 어쨌든 그 시작은 드래곤이었다. 그리고 놈들과 마계의 마족들은 그리 사이가 좋지 못했다.

그런 마법에 마족의 피와 힘이 엮이면서 태어난 것이 바로 흑마법이다. 자신들의 능력이 드래곤에게서 나온 무언가와 섞였다는 사실 자체로 데스와 마황은 불결함을 느꼈다.

오랜 세월 드래곤과 대척점에 서 있던 그들의 그러한 반응은 어찌 보면 당연했다.

"이곳의 귀족 중 하나가 고용한 자입니다. 그가 황태자 전하와 카를 황자 전하께 흑마법을 걸었어요. 그걸 좀 풀어 주십시오."

"여긴 흑마법 하나 풀어 줄 인간도 없는 건가?"

"현재로서는 그렇습니다."

"황제가 사는 곳이라면서 너무 허접하군."

크루델리스가 못마땅하다는 듯 끌끌 혀를 찼다. 그의 진짜 정체를 아는 바율이기에 충분히 이해할 수 있는 발언이

긴 했으나, 무시를 당하자 왠지 좀 억울한 심정이 들었다.

"잘은 모르지만, 그저 그런 흑마법사가 아닌 것 같습니다. 그리고 마침 그를 상대할 수 있는 대마법사분께선 타국에 가 계신 상태이고요."

"그래서 어쩔 수 없이 우리를 불렀다?"

"네. 많은 이들의 생명이 달린 일입니다. 부탁드려요."

"뭐 별로 어려운 일은 아닌데……."

흑마법사가 떼로 덤벼도 데스와 마황에겐 작은 타격조차 입힐 수 없었다. 아니, 애초에 그럴 마음조차 들지 않을 것이다. 그들에게서 흘러나오는 마기를 느낀다면 공격은커녕 오줌부터 지릴 게 뻔하니까.

혹 아무것도 느끼지 못하는 자라면 그건 그것대로 상대가 아주 하바리라는 뜻이었다.

"귀찮은 것도 사실……!"

'알고 보니 별 시답잖은 일이었군'이라 생각하며 말을 끝던 데스는 순간 싸한 시선을 느꼈다. 본능적으로 입을 다문 채 옆을 돌아보자, 조금 전까지 분명 사슴 같은 눈망울로 바율을 바라보던 리타가 두 눈에 불꽃을 활활 태우며 그를 쏘아보고 있었다.

감히 당신이 뭔데 도련님의 청을 거절하느냐는 뜻이 내포되어 있는 눈빛이었다. 그에 데스는 저도 모르게 말을 돌렸다.

"…이지 않지."

그래도 리타의 눈빛이 풀리지 않자 황급히 변명을 덧붙였다.

"아니…… 나도 안 들어줄 생각은 아니었어. 할 거였다고."

리타가 대놓고 협박을 하지는 않았지만, 데스에게도 그간 눈치라는 게 생겼다. 그녀가 밥을 들먹거리기 전에 먼저 선수를 치고 나가야 했다.

"언제 할까? 지금? 어디로 가면 돼?"

"제가 앞장설 테니 따라오십시오."

고맙다는 인사는 나중으로 미뤘다. 바율은 서둘러 일어나 문을 가리켰다.

"그쪽도 지금 막 신전으로 향했습니다. 가면 만날 수 있을 것 같네요."

"바율, 나는? 나도 가도 돼?"

재미있는 일이 일어날 것만 같아서 템페스타는 아까부터 기대하던 중이었다. 그러나 반색하는 녀석에게 바율은 미안하다는 듯 말했다.

"아니. 템페스타는 따로 해 줄 일이 있어."

"따로 할 일? 그게 뭔데?"

"템페스타밖에 할 수 없는 거야. 셰임에게 얘기해 두었으니까, 부탁할게."

"응! 나만 믿어, 바율!"

본인밖에 할 수 없는 무언가가 있고, 그걸로 바율에게 도움이 될 수 있다는 건 템페스타에겐 최고의 선물과도 같았다. 녀석이 작은 돌개바람을 일으키더니 그대로 휙 사라졌다.

"성가시게."

바람에 머리칼이 날리자 데스가 투덜거렸다. 하지만 그는 곧 바율을 따라나섰고, 그 뒤를 마황과 공작, 그리고 사다드와 이언, 리타가 따라붙었다.

'근데…… 데스 씨한테 그런 재주가 있었나?'

신전으로 향하던 중 리타는 문득 이상한 생각이 들었다.

데스는 분명 바율의 비밀 호위 기사라고 하였는데, 흑마법을 어떻게 해결한다는 건지 이해가 안 갔다.

'게다가 난 또 왜 부르신 거지?'

신전으로 걷는 내내 리타는 당최 그 이유를 알 수 없어 고개만 갸웃거릴 뿐이었다.

3.

카를 황자가 머무는 신전은 프리실라 황태후의 거처만큼이나 경계가 삼엄했다. 황궁 경비병들은 물론, 황제를 지켜야 할 근위대까지 동원되어 물샐틈없는 경호를 서고 있었다.

그곳에 갑자기 란데르트 공작과 바율 일행이 나타나자 가장 상관으로 보이는 듯한 자가 튀어나와 고했다.

"공작 전하. 송구하오나 그 누구도 들이지 말라는 폐하의 엄명이 있었사옵니다."

"폐하께서도 곧 이리로 오실 것이다."

신관으로 향하기 직전, 황제의 집무실로 급히 사람을 보냈다. 허락을 미리 구하지 못하고 온 까닭은 상황이 그만큼 긴박해서였다.

"그러니 길을 열게."

"하, 하면…… 여기서 잠시만 기다려 주시겠습니까?"

차마 공작에게 기다리라는 말을 쉬이 할 수는 없었는지 사내가 조심스럽게 말했다.

그러나 다음 순간 그는 소스라치게 놀라며 비킬 수밖에 없었다.

"안에 침입자가 있네. 그자가 행여 카를 황자 전하께 무슨 짓을 한다면, 자네들이 그 뒷일을 책임질 자신 있는가?"

"흑마법을 익힌 고위 마법사입니다. 한시가 급하다는 뜻입니다."

이 빽빽한 경비를 뚫고 황자에게 접근했다면 엄청난 실력자란 얘기였다. 자신을 비롯한 병사들은 아무것도 보지 못했지만, 란데르트 공작은 범인과 달랐다. 공작이 이리 나오는 건 필시 무언가를 느껴서일 터였다.

거기에 사다드까지 말을 덧붙이자 사내는 기함해서 즉각 부하들에게 물러나라고 신호했다.

란데르트 공작의 말대로 만일 그 흑마법사에 의해 카를 황자의 몸에 생채기가 하나라도 더 생기는 날엔 그들 전부 죽은 목숨이었다.

"병사와 기사들은 지금처럼 신관 전체를 포위한다. 침입자가 빠져나가지 못하도록 철저히 지켜라!"

"명, 받습니다!"

"아버지, 삼 층입니다."

제국의 총사령관으로서 명령을 내린 공작은 고개를 끄덕이며 빠르게 이동했다.

너른 신전 안으로 들어서자 그제야 상대의 기척이 느껴졌다. 감각을 한껏 끌어 올리지 않았다면 그조차 놓쳤을 정도로 미세한 호흡이었다.

"그런데, 여긴 무슨 신전이지?"

심드렁하게 황궁을 살피며 따라오던 마황은 문득 그게 궁금해졌다. 그래서 저도 모르게 혼잣말처럼 입 밖으로 소리를 내고 말았다.

문제는 그걸 앞서 걷고 있던 리타가 들었다는 점이었다.

그녀가 휙 돌아서선 흰자위를 드러냈다.

"하얀 아저씨는 지금 그게 중요해요?"

리타의 음성은 귀를 기울이지 않으면 들을 수 없을 만큼 아주 작았다. 그러나 크루델리스는 귀가 매우 밝은 편이었고, 거기에 애초부터 리타의 말이라면 무조건 경청하는 습관이 있었다.

"황궁 상황이 어떤지 뻔히 알면서, 그런 쓸데없는 질문은 왜 하시는 건데요?"

"…그러게. 내가 왜 그랬을까?"

리타는 제가 모시는 도련님의 상태에 따라 예민함의 척도가 달라지는 소녀였다. 딴에는 무심결에 튀어나온 호기심이었지만, 아무리 눈치 없는 크루델리스라도 시기가 좋지 않았음을 뒤늦게 인지했다.

"생각이 좀 많이 모자랐다. 그렇지?"

말투는 반성하고 있는 듯했으나, 얼굴은 태연하기 그지없었다. 그에 리타가 어이없는 표정을 짓자 마황은 쐐기를 박았다.

"가만히 입 다물고 있을게."

그러니 또 고기 대신 빵만 먹으라고 하지 말아 줘.

그의 간절한 염원이 닿은 것일까. 리타는 헛숨을 들이켜 곤 마황에게서 시선을 거두었다.

역시 이상한 아저씨라고 중얼거리며.

"여기로군."

그러는 사이 그들은 어느덧 목적지에 도착했다.

과연 신전 내부에서도 제일 많은 인원이 배치된 곳은 황자가 기거하는 방 입구였다. 본래 신전의 치료실로 쓰였었지만, 어제부로 완전히 분위기가 달라져 있었다.

란데르트 공작의 등장에 경계를 서던 기사들이 재빨리 예를 갖춰 인사했다. 공작은 가벼운 눈짓으로 답을 대신하고는 문을 열어 천천히 안쪽으로 들어섰다.

'흠.'

예상과 달리 치료실에는 아무도 없었다. 흑마법사는커녕 신관조차 보이지 않았다. 사면이 원목 난간으로 둘러싸인 작은 침대에, 오로지 카를 황자만이 덩그러니 놓여 있을 뿐이었다.

"어머! 이게 무슨……!"

리타는 깜짝 놀랐다. 흑마법에 당했다는 어린 황자 곁에 왜 돌보는 이가 한 명도 없는 것인지, 그녀의 상식으로는 도저히 이해할 수 없었기 때문이다.

더욱이 황자는 괴로움에 몸부림을 치고 있었다. 온몸이 뜨거운 열로 펄펄 끓는 것으로도 모자라, 상처가 난 쇄골 부근은 새살이 돋지 못한 채 누런 고름을 쏟아 내고 있었다. 얼마나 울어 댔으면 목이 쉬어 울음소리조차 제대로 나지 않았다.

리타는 그 자그마한 아기가 너무 불쌍하고 안타까웠다. 해서 순간 황자라는 사실도 망각한 채 다가가 조심스레 품에 안았다. 그런 그녀의 눈에는 어느 틈엔가 눈물이 방울져 있었다.

"괜찮아, 아가야. 곧 사제님들께서 오실 거야. 조금만 참아. 응?"

리타는 부드러운 어투로 황자를 달래는 한편, 손수건을 꺼내 아이의 이마와 얼굴에서 나는 땀을 열심히 닦아 주었다.

그건 거의 본능에 가까운 행동이었다. 홀로 아파하는 어린 아기를 마주한 그녀의 측은지심이 발동한 것이다.

해밀턴에서도 종종 아기들을 돌봤던 경험이 있었기에 황자를 안은 리타에게선 조금의 어색함도 보이지 않았다.

"그만 나오시오."

리타가 아기를 달래는 데 정신이 팔려 있을 그 시각, 란데르트 공작은 실내의 어느 한 지점을 무섭게 노려보고 있었다.

어둑한 내부를 밝히는 건 고작 촛불 몇 개가 전부였다. 개중 서랍장 근처에 놓인 촛불 하나가 바람이라도 분 것처럼 유난히 꺼질 듯 말 듯 흔들렸다.

공작이 바라보는 곳은 바로 그쪽이었다.

"언제까지 숨을 수 있을 것 같소, 헥터 후작?"

"헙!"

분명 아무것도 없는 텅 빈 공간이거늘, 누군가 숨을 들이켜는 소리가 들려왔다.

차앙!

동시에 공작의 뒤편에 있던 이언이 예고도 없이 검을 뽑아 휘둘렀다. 일견 단조로워 보이는 동작이었지만, 그의 발검 속도는 눈으로 좇기 어려울 정도로 빨랐으며, 공기를 가르는 파공음 역시 퍽 묵직했다.

깡!

한데 그런 이언의 검이 무언가에 부딪혀 진동했다. 흡사 쇠붙이와 충돌한 듯한 소리가 일행의 고막을 울렸다. 그리고 그 자리에 헥터 후작과 검은 로브를 뒤집어쓴 의문의 흑마법사, 그들이 불쑥 나타났다.

이런 상황이 올 거라고는 전혀 예측하지 못한 듯, 후작의 안색은 창백하다 못해 파리하게 질려 있었다.

그에 반해 란데르트 공작과 바율 일행은 처음부터 다 알고 있었다는 양, 놀란 기색이라고는 전연 보이지 않았다.

리타만이 황자에게 집중하느라 사태를 자각하지 못할 뿐이었다.

"한때는 제국의 공작이었던 자가, 정녕 이따위 음모밖에는 꾸밀 수 없었소?"

"으, 음모라니! 무슨 소리요! 란데르트 공작, 설마 날 음해하려는 거요!"

가슴이 철렁 내려앉을 만큼 질겁하긴 했지만, 헥터 후작은 가까스로 소리를 내며 항변했다.

대관절 어찌 알고 이 타이밍에 이리 찾아왔는지, 또 기척을 숨긴 저를 어떻게 알아봤는지 그로서는 환장할 노릇이었다.

"하면 여기엔 왜 숨어 있었던 겁니까?"

"나는…… 그러니까 우리는…… 황자 전하를 치료하려던 참이었소!"

"치료를 하려 하셨다?"

"그렇소! 황자 전하께 신성력이 듣지 않는다고 해서 다른 방법으로 시도해 볼까 했던 것뿐이오!"

의도는 완벽히 다르지만, 어찌 되었든 치료를 하려던 것은 사실이었다. 미래에 자신의 종이 될 아이가 아니던가.

헥터 후작은 숨을 가다듬으며 애써 차분한 척 변명을 해 댔다.

"그 흑마법사를 데리고 말이오?"

란데르트 공작은 비어져 나오는 웃음을 참기가 어려웠다.

"마, 맞소! 신성력으로도 낫지 않는다면, 흑마법밖에는 방도가 없지 않겠소? 내가 백방으로 수소문해서 무척 힘들 게 구해 온 자요! 하지만 아직 폐하를 홀로 뵐 낯이 없어서 무례를 무릅쓰고 이리 직접 온 것이오!"

"그걸 해명이라고 하다니. 헥터 후작, 그대도 예전만 못 하구려."

원래 헥터 후작은 이처럼 횡설수설 말을 늘어놓는 이가 아니었다. 아무리 당황했다지만 란데르트 공작이 알던 모 습과는 달라도 너무 달랐다.

"지금 내 말을 믿지 못하는 게요? 내 당장 카를 황자 전 하를 치료해 보이겠소!"

헥터 후작은 그것만이 위기를 벗어나는 길이라 생각했 다. 그가 얼른 나서지 않고 뭐하냐는 듯 흑마법사를 향해 눈을 흘겼다.

그런데 무슨 일일까.

이제껏 제게 경이로운 광경만을 보여 주던 사내가 귀신이라도 만난 듯 발발 몸을 떨고 있지 않은가.

마치 악몽이라도 꾸는 사람처럼 눈을 뜬 채 밭은 호흡을 내뱉는 것이, 가히 가련할 정도였다.

기실 사내는 공작이 들어선 순간부터, 아니, 그 이전부터 이미 제정신이 아니었다.

그는 이 세상에선 드물게 뛰어난 흑마법사였다. 당연히 마기를 느끼는 데 있어서도 타의 추종을 불허했다.

그런 그가 단언하건대, 이처럼 강력한 기운은 난생처음이었다.

그의 몸이 저절로 마기에 반응하더니, 이윽고 한 발자국도 꼼짝할 수가 없었다.

공간 이동으로 도망갈 수조차 없었다. 마력이 담긴 끈끈하고도 촘촘한 그물망이 신전 전체를 에워싸고 있었기 때문이다. 그 와중에 몸을 숨긴 것도 겨우겨우 해냈다.

그러나 지금은 전신의 감각이 혼미해졌다. 비틀린 미소를 지은 채 자신을 쳐다보고 있는 두 사내. 마황과 데스를 마주한 순간, 사내의 세계는 그대로 멈췄다.

온몸이 경고하고 있었다.

도망쳐!

하나 도주는커녕 손가락 하나도 까딱할 수가 없었다. 내면의 밑바닥에서부터 올라오는 두려움은 일개 인간이 거부할 수 있는 영역의 것이 아니었다.

"뭐 하는가? 얼른 전하를 치료하지 않고!"

헥터 후작이 닦달했지만, 그 소리가 귀에 들어올 리 만무했다. 사내는 급기야 바닥에 무릎을 꿇고는 머리를 조아렸다.

극심한 공포감에 기반한 살기 위한 본능 같은 것이었으나, 후작으로서는 난데없는 돌발 상황이었다.

"이, 이보시오! 전하를 어서 치료하래도!"

헥터 후작이 미친 듯이 고성을 내지를 때였다.

"으아아앙!"

너무 울어서 목이 부어 울음소리조차 내지 못했던 카를 황자가 별안간 우렁찬 울음을 토해 냈다.

"괜찮아, 아가. 이제 곧 다 나을 거야. 조금만 힘내!"

리타는 울먹거리며 여전히 황자를 품에 안고 달래는 중이었다. 그녀로 인해 황자는 이미 치유가 되고 있는 상태였지만, 본인에게 그런 능력이 있다는 것을 리타는 여전히 알지 못했다. 눈앞에 막상 보이는 건 울고 있는 아기였기에 그저 어르고 달래는 것이 그녀가 할 수 있는 최선이었다.

"내가 나설 필요도 없겠군."

"네 녀석이 아까 기운을 나눠 줘서 그런 거잖아. 아주, 괴물로 만들었어."

"그럼 멀미하는 걸 그대로 두고 봐?"

눈을 부라리며 사납게 대꾸하는 데스를 한심하다는 듯 본 마황이 고개를 설레설레 저었다.

리타에게 엄청난 치료 능력이 생겼다는 건 들어서 알고 있었지만, 흑마법까지 무용지물로 만들 줄은 몰랐다. 이쯤 되니 리타가 스스로 마력을 뿜어내는 날이 오는 건 아닐까 살짝 우려가 될 정도였다.

'아니지. 그렇게 되면 마계에서도 버틸 수 있지 않나? 잘하면 데리고 갈 수도 있겠는데.'

"카를!"

마황의 은백색 눈동자가 희망찬 꿈에 부풀어 오를 때, 공작의 전갈을 받은 황제와 대신들이 드디어 신전에 들어섰다. 황제는 찢어지게 울어 대는 아들의 울음소리에 체통도 잊은 채 한달음에 달려왔다.

"황자 전하!"

대신들과 사제들도 마찬가지였다. 황제를 따라 함께 온 신관 하나가 카를 황자의 안색을 보고는 아연하며 소리쳤다.

"폐하! 황자 전하께서 낫고 계시옵니다! 보십시오! 열도 떨어지고, 상흔이 눈에 띄게 줄었사옵니다!"

"한데 왜 아직도 이리 심하게 우는 것이냐!"

"그 역시 기운을 회복하였다는 증거입니다. 목의 부기가 가라앉아 이처럼 소리를 내고 계신 것입니다!"

"그게 정말이냐? 정녕 하늘이 도우셨구나!"

황제가 감격에 벅차서는 그제야 리타를 살폈다.

"황자를 치료한 것이 그대인가? 그대가 란데르트 공작이 데려온 치료사가 맞는가?"

"…예? 치, 치료사요?"

리타는 순식간에 제게 몰려든 이들로 인해 석상이라도 된 듯 굳어 버렸다. 아기를 달래는 데 온 신경을 쏟았을 뿐인데, 갑작스레 이게 대체 무슨 상황이란 말인가.

하늘이 빙글빙글 도는 것만 같았다.

Chapter 5.
마지막 발악

1.

"폐하, 치료사는 이쪽이옵니다."

혼란으로 쓰러지기 직전의 리타를 구해 준 건 란데르트 공작이었다. 그가 멀뚱히 서 있는 데스를 손으로 가리키며 황제와 대신들의 관심을 단숨에 바꾸었다.

"아, 그대였군!"

고개를 돌린 황제의 눈빛은 황실 재산을 절반이라도 뚝 떼어 줄 것처럼 신뢰와 호의로 가득했다. 안 그래도 자식 사랑이 끔찍한 그였기에 큰일을 한 데스에게 아주 거한 상을 내릴 참이었다.

아마 평범한 제국민이었다면 그런 황제에게 당장 몸을

숙여 '성은이 망극하옵니다' 하고 외쳤을 것이다. 하지만 데스는 인간이 아니라 마계의 대마족이었다. 개중에서도 무려 군대를 이끄는 총사령관이다.

그는 그저 살짝 묵례하는 것으로 답을 대신하였다. 무례하다 여기고도 남을 만한 태도였지만, 지금의 황제에게 그러한 허례허식 따위가 신경 쓰일 리 없었다.

"과묵하고 겸손한 자로구나!"

황제는 오히려 황자를 살려 내고도 자만하지 않는 자세를 더 높이 쳐 주었다.

'아, 순간 놀랐네.'

리타는 아직도 쿵쿵대는 가슴을 겨우 진정시켰다.

황궁에 온 것도 처음이거늘 바로 코앞에서 황제를 맞닥뜨렸다. 심지어 그 황제가 저를 치료사라 오해하고 몰아세우듯 물었을 땐 정신이 아득했다.

치료사가 아니라고 서둘러 답했어야 했는데, 혹 그리 말했다가 불호령이라도 떨어지면 어쩌나 하는 생각에 살짝 겁이 나기도 했었다.

'아무튼 다행이야.'

리타는 속으로 긴 한숨을 몰아쉬며 데스를 힐긋 쳐다보았다. 그가 언제 황자를 치료했는지 보지는 못했지만, 그녀가 보기에도 확실히 아기는 더 이상 아픈 것 같지 않았다.

여전히 리타의 품에 안겨 있는 카를 황자는 어느새 쌕쌕거리며 잠에 빠져 있었다. 열감이 가라앉은 얼굴은 아기답게 희고 보드라웠으며 쇄골에 난 상처는 벌써 사라지고 없었다.

누가 보면 언제 아팠나 싶었을 만큼 건강한 안색이었다. 황제와 대신들도 오랜만에 편한 모습의 황자를 깨울까 조심스러운 모양인지, 낯선 리타를 보고도 경계하는 이가 없었다. 치료사인 데스의 조수쯤으로 여기는 것 같기도 했다.

'알고 보니 대단한 사람이었어.'

리타는 갑자기 지난날 자신이 데스에게 행했던 수많은 구박이 떠올라 겸연쩍었다.

물론 그가 하인 신분으로 들어와 도련님을 너무 막 대하고 식충이처럼 군 탓도 있지만, 저도 가끔은 그에게 지나치게 차갑고 쌀쌀맞게 굴었던 것도 사실이었다.

사람을 낫게 할 수 있는 특별한 능력을 지니고도 그런 내색은커녕 까칠한 저에게 모난 구석 없이 맞춰 주었다는 게 고맙기도 하고, 한편으로는 묘한 기분이 들었다.

'앞으로는 그러지 말아야지.'

치료사라는 건 생명의 소중함을 아는 자만이 할 수 있는 성스러운 일이라고 일전에 사제님께 들은 적이 있었다.

리타는 데스가 겉으로는 날라리처럼 보여도 사실 속은

누구보다 따듯한 인물이었구나 하고 생각했다.

"폐하, 황태후 마마의 병환도 속히 치료해야 하옵니다."

리타가 심각한 오해 끝에 그러한 결론을 내렸을 때였다. 란데르트 공작이 황제에게 다음으로 해야 할 일을 상기시켰다.

"아아, 그렇지요!"

아들을 낫게 해 준 고마움에 잠시 혼이 나갔다. 황제가 데스에게서 눈길을 거두며 다급히 명령했다.

"이 치료사를 어서 어마마마의 처소로 안내하거라!"

"예, 폐하."

"이쪽으로 모시겠습니다."

어명이 떨어졌다. 근처의 시종들이 즉각 데스에게로 다가와 공손히 허리를 굽혀 인사하고는 먼저 입구로 향했다.

"리타, 가자."

"…저, 저도요?"

갑작스러운 데스의 요청에 리타는 커다래진 눈을 깜박였다.

"거길 제가 어찌 감히……."

황태후 마마라면 황족 중에서도 제일 큰 어르신이었다. 더욱이 제 영주님의 절친한 벗이시기도 했다. 그런 귀한 분을 치료하는 자리에 미천한 자신이 왜 끼어든단 말인가.

"네가 가야 해."

그러니까 내가 왜요?

시선들이 다시금 저에게로 몰리자 리타의 얼굴에 곤란한 기색이 역력해졌다.

"지금 아기는 내 곁에서 떨어지면 안 되거든. 안정기에 들기 전까지는 가까이 있어야 해. 그런데 나는 아기를 안아 본 적도 없거니와, 치료를 해야 하잖아?"

"아…… 그러니까 데스 씨께서 황태후 마마를 치료하는 동안, 저보고 황자님을 안고 있으라는 뜻인가요?"

"맞아. 바로 그거야."

치유 능력이라면 데스도 엄청난 편이었다. 그러나 그건 본인 한정이었다. 그가 아무리 대마족이라 한들 병자를 낫게 할 순 없었다.

하지만 리타의 정체를 감추기 위해 대타를 자처한 이상 마지막까지 마무리를 잘 지어야 했다. 황태후를 치료하려면 당연히 리타가 있어야 하니, 황자를 핑계로 댄 셈이다.

"그래, 리타. 마침 황자 전하께서도 곤히 잠드신 것 같으니까, 같이 다녀와 줘."

자신이 황자를 안고 있다는 것에 뒤늦게 부담감이 느껴졌지만, 리타는 결국 바율의 말에 용기를 얻고 고개를 끄덕였다.

"네, 도련님."

"황태후 마마를 잘 부탁하네."

란데르트 공작의 당부를 끝으로, 데스와 리타는 곧장 황태후의 처소로 이동했다.

황제도 마음 같아선 둘을 따라가 직접 어머니의 안위를 살피고 싶었으나, 그는 이제부터 처리해야 할 사안이 있었다.

"헥터 후작."

노기 서린 황제의 목소리가 음산하게 울려 퍼졌다. 부지불식간에 벌어진 현 사태에 어찌할 바를 몰라 눈알만 뒤룩뒤룩 굴리던 헥터 후작은 그 부름에 발작이라도 하듯 부르르 몸을 떨었다.

아무리 머리를 굴려 봐도 마땅히 떠오르는 계책이 없었다. 이놈의 흑마법사는 한순간에 천치라도 된 듯 아무 쓸모가 없었다. 오직 놈만 믿고 여기까지 덜컥 따라온 자신이 한심스럽다 못해 저주스러울 지경이었다.

"그대가 황자에게 흑마법을 사용했다지?"

황제는 감정을 억제하기 위해 무진 애를 써야 했다. 헥터 후작과 흑마법에 대해 짤막하게 쓰여 있던 란데르트 공작의 서찰을 받아 든 순간, 그는 상상을 초월하는 분노를 느꼈다.

"저자인가?"

황제의 서슬 퍼런 눈빛이 여전히 바닥에 엎드려 있는 흑마법사를 향했다. 그는 마치 시선만으로 사람을 죽일 듯 강하게 노려보았다.

"폐, 폐하! 신은 그저 카를 황자 전하를 치료하려 하였을 뿐입니다! 미리 폐하께 청을 올리지 못한 것은 흑마법에 대한 흔한 고정관념 때문에 혹 폐하의 심기를 상하게 하지는 않을까 싶어……."

"닥쳐라! 메켄지 후작이 없는 틈을 타서 그대가 흑마법으로 술수를 쓰려 했음을 짐이 진정 눈치채지 못할 것이라 생각하였나?"

9서클 대마법사인 메켄지 후작만 있었더라도 상황이 이렇게까지 악화되지는 않았을 터다.

이제야 사건의 앞뒤가 모두 맞아 들어갔다. 남들은 모르겠지만, 황제와 황태자의 몸에는 메켄지 후작이 개발한 흑마법에 저항하는 방어진 마법이 걸려 있었다. 흑마법이 흔하진 않지만, 제국을 다스리는 황족이기에 혹여나 만일의 사태를 대비해서였다.

그렇기에 황태자는 그런 이상한 진술을 하게 된 것이다. 만약 그가 흑마법에 완전히 잠식되었다면 순순히 제 죄를 인정할지언정, '기억은 있지만 하지 않았다'와 같은 기이한 발언을 하지는 않았으리라.

확증이 없어 그간 황제는 많은 말을 아꼈었다. 하나 란데르트 공작이 마침내 꼬리를 잡았고, 흑마법까지 해결하였다.

남은 것은 감히 황실을 모독하고 음험한 계략을 꾸민 헥터 후작, 그리고 그를 도운 자들을 색출하여 처단하는 일뿐이었다.

"폐하, 카트린느 황비 마마와 보이텍 후작께서 당도하셨습니다."

황제가 무어라 더 소리치려던 찰나였다. 황비궁에서 초조하게 헥터 후작의 연락을 기다리던 부녀가 황제의 명에 신전으로 불려 왔다.

"황자! 내 아기! 내 아들은 지금 어디 있느냐!"

오면서 카를이 치료를 받고 나왔다는 소식을 들었다. 그래서 별 의심 없이 걸음을 서둘렀던 카트린느는 실내로 들어서자마자 황자부터 찾았다.

며칠을 내내 골머리를 썩이던 일이었다. 그것이 해결되었다는 것에만 정신이 팔린 나머지, 그녀는 미처 치료실의 살벌한 분위기를 눈치채지 못했다.

하나 오랜 시간 정계에 발을 담그고 있던 보이텍 후작은 이곳으로 오기 전부터 왠지 불길한 느낌을 떨쳐 낼 수 없었다. 그건 어떤 동물적인 감이었다.

하필이면 그의 수족들을 몽땅 황비궁을 지키는 데만 몰아 둔 탓에 여기서 무슨 일이 벌어졌는지 제대로 알 도리가 없었다.

'헥터 후작을 믿었건만……!'

황제의 눈초리가 싸늘했다. 그의 뒤로 불안에 떨고 있는 헥터 후작이 보였다. 반면 란데르트 공작의 모습은 평소와 다를 바가 없었다.

그것으로 유추해 보건대 카를 황자를 치료한 것은 공작이 데려온 치료사임이 분명했다. 또한 그가 흑마법에 대해 알아내었다는 의미이기도 했다.

'젠장할!'

보이텍 후작은 신음이 튀어나오려는 것을 겨우 참았다. 살기 위해서, 가문을 지키기 위해선 무조건 잡아떼어야 했다.

아이를 바꿔치기한 사실까지는 모를 터였다. 헥터 후작은 약았을지언정 멍청한 작자는 아니었다. 그걸 발설했다간 저 역시 끝장이라는 것을 알 테니, 선뜻 입을 열지 못하리라.

빠르게 상황을 정리한 보이텍 후작은 얼굴색을 싹 바꾼 채 황제에게 달려가 감격에 마지않은 음성으로 고했다.

"폐하! 이 얼마나 다행한 일이랍니까! 황자 전하께서 회복하셨다니, 신은 이제야 좀 살 것 같사옵니다!"

"보이텍 후작."

황제가 가래가 끓는 듯한 음색으로 제 장인을 불렀다.

"아무리 권력에 눈이 멀어도 그렇지, 외손자의 목숨을 담보로 헥터 후작과 손을 잡았소?"

"폐, 폐하! 갑자기 그것이 무슨 말씀이십니까? 신은 절대로 그러한 적이 없사옵니다!"

"폐하! 오해가 지나치십니다! 헥터 후작이 무슨 말을 어찌했는지는 몰라도, 아버지께선 절대 그러실 분이 아닙니다!"

치료사가 카를을 데리고 갔다는 말에 당장 따라나서려던 카트린느는 황제의 노성에 깜짝 놀라 아비를 변호하고 나섰다. 이러다 황태후까지 깨어날까 봐 두려웠지만, 우선은 황제의 노기부터 잠재우는 것이 순서였다.

"하면 황비는 이 모든 게 헥터 후작 혼자 꾸민 짓이라 이거요?"

"시, 신첩이 그것을 어찌 알겠습니까? 저는 그저 빨리 황자를 보고 싶을 뿐이옵니다!"

"헥터 후작이 고용한 마법사가 황자에게 흑마법을 걸었소. 한데 황자를 내내 품에 끼고 있던 황비가 그 사실을 몰랐다는 게 말이 되오?"

카트린느 황비는 그제야 자신을 보는 황제의 눈빛이 완전히 달라져 있음을 알아차렸다. 얼음처럼 차가워진 남편의 시선에 그녀는 저도 모르게 침을 꿀꺽 삼켰다.

"…하나 저는 정말 모르는 일이옵니다. 아무래도 저 음험한 자가 신첩이 잠든 사이에 몰래 접근하였나 봅니다! 폐하, 믿어 주세요! 저는 황자의 하나뿐인 어미입니다! 세상의 어느 그 누구도 어미인 저보다 황자를 아낄 수는 없을 것입니다!"

"그렇게 귀한 아들이라 황태자로 만들고 싶었던 것인가?"

황제는 끝까지 오리발을 내미는 카트린느에게서 이제 그어떤 애정도 느껴지지 않았다.

"하여 감히 짐의 적자이자 장자인 황태자에게 손을 대!"

이제까지와는 차원이 다른 분노가 황제에게서 터져 나왔다. 황제이기 이전, 그도 엄연히 오러를 다스릴 줄 아는 한 명의 기사였다.

황위를 물려주어야 할 제 귀중한 자식에게 그런 극악무도한 짓을 저지른 게 다른 이도 아닌 카트린느라는 사실에 황제는 더더욱 격노했다.

"내가 미욱하였다. 연정에 눈이 멀어 두 아들을 잃을 뻔했어!"

황제는 씹어뱉듯 말하며 스스로를 질책했다.

"폐하, 송구한 말씀이오나 폐하께 아들은 린데만 황태자 전하 한 분뿐이옵니다."

"⋯란데르트 공작, 갑자기 그게 무슨 말씀입니까?"

분노를 내보이는 것도 잠시, 이해할 수 없는 공작의 발언에 황제의 눈꼬리가 말려 올라갔다.

동시에 카트린느와 보이텍 후작, 그리고 헥터 후작의 얼굴은 핏기를 잃었다. 설마 거기까지 알고 있을 줄은 몰랐던 탓이다. 대지의 기억인지 뭔지를 피하기 위해 흑마법까지 동원하였는데, 어떻게 그 사실이 새어 나갔는지 머리털이 쭈뼛 섰다.

"카트린느 마마가 낳으신 분은 사실 황자 전하가 아니라 황녀 전하이셨습니다."

"지, 지금 무슨 소리를 하시는 겁니까? 황녀라니! 하면 설마 황비가⋯⋯ 아기를 바꿔치기라도 했다는 것입니까?"

란데르트 공작은 답하지 않았다. 그러나 이미 대답은 충분했다.

황제의 얼굴에 경악이 스쳐 지나가더니, 그의 온몸에서 점점 진득한 살기가 묻어 나왔다.

"라, 란데르트 공작! 당신 미치셨소? 여기가 어느 안전이라고 감히 폐하께 그런 헛소리를 지껄이는 게요! 우리가 아이를 바꿔치기했다니! 증거라도 있습니까?"

보이텍 후작은 바들바들 떨면서도 악을 쓰듯 소리쳤다.

대관절 공작이 무슨 수로 알아냈는지는 모르겠지만, 카를 황자가 황제의 핏줄이 아니라는 증좌는 어디에도 없었다. 아이를 바꿔치기한 것은 자신과 그의 딸, 그리고 헥터 후작만이 아는 사실이었다. 이미 관련된 자들은 모두 사살했기 때문이다.

"그, 대지의 기억인지 뭔지를 써 보는 건 어떻습니까?"

후작은 의혹을 떨쳐 내기 위한 방법으로 먼저 정령을 거론했다.

"오, 과연……! 그러고 보니 란데르트 백작에게는 과거를 볼 수 있는 능력이 있었지요!"

"그걸 이용하면 되겠군요! 보이텍 후작이 정녕 아이를 바꿔치기하였다면 어딘가에 흔적이 남아 있지 않겠습니까?"

셰임의 특별한 기술 중 하나인 대지의 기억을 아는 이들이 의외로 많았다.

그도 그럴 것이, 제국의 동부를 휘어잡던 드로우 후작가가 바율로 인해 하루아침에 멸문했다. 당시 엄청난 화젯거리였던 그 능력을 어찌 잊을 수 있겠는가.

"란데르트 백작! 당장 시도해 봅시다!"

시선들이 바율을 향했다. 그들은 이미 아이가 뒤바뀌었다고 확신했다.

그 엄청난 말을 한 이가 다름 아닌 란데르트 공작인 데다, 그의 아들인 바율에겐 아비의 발언을 증명할 수 있는 능력이 있었기 때문이다.

그러나 바율은 어두운 낯빛으로 고개를 저었다.

"지금은 볼 수 없습니다."

"그게 무슨 뜻입니까? 볼 수 없다니요?"

"저들이 흔적을 지웠거든요."

"무어라? 흔적을 지워?"

"예, 폐하. 안 그래도 입궁하자마자 대지의 기억을 시현하였습니다. 한데 보이는 것이라고는 컴컴한 어둠뿐이었습니다. 그런 경우는 한 가지밖에 없습니다. 천족, 혹은 마족의 흔적이 있을 때."

"하면…… 아이를 바꿔치기한 사실을 감추기 위해 흑마법을 이용했다는 것인가?"

"예. 폐하와 대신들께서도 대지의 기억을 알고 계셨습니다. 그러니 당연히 저들도 그걸 고려했겠지요. 저로선 굳이 숨기지 않았으니, 조금만 조사해 보면 한계를 금방 눈치챘을 테고요. 흑마법사를 끌어들인 이유에는 이 때문도 있을 겁니다."

바율의 설명은 명쾌했지만, 결과적으로 그 무엇도 증명하지는 못했다. 아직은 그럴싸한 가설에 불과한 것이다. 그러자 카트린느 황비가 기다렸다는 듯이 항의했다.

"폐하! 신첩은 흑마법사를 고용하지도, 이용하지도 않았습니다! 제발 황자를 생각하시어 신첩의 말씀에도 귀 기울여 주십시오!"

"오냐, 말해 보아라. 그리도 떳떳하다면 어찌하여 흔적을 지운 것이냐?"

황제는 어디 갈 데까지 가 보자는 듯 황비를 노려보며 물었다.

"전 무고합니다. 어찌 란데르트 백작의 말만 믿고 신첩을 이리 추궁하십니까! 너무나 억울하옵니다!"

"지금 네가 짐을 농락하는 것이냐? 대지의 기억으로 아무것도 보질 못한다고 하질 않느냐!"

카트린느는 속으로 욕설을 내뱉었다. 드러난 증거라곤 무엇도 없는데도 저 남편이라는 작자는 도무지 란데르트 부자의 말에서 벗어날 생각이 없어 보였다. 이미 헥터, 그 망할 인간 때문에 자신들이 신뢰를 잃은 탓이었다.

상황이 이렇게 된 이상, 모르쇠로 일관하는 것보다 차라리 어떻게든 빠져나갈 구멍을 만들어 두는 편이 좋으리라.

"…신첩은 잘 모르겠으나, 뭔가 문제가 생겼다면 제가 오라버니께 부탁드린 것 때문이 아닐까 싶습니다."

"오라버니라면 보이텍 백작을 말하는 것이냐?"

감찰 대신이기도 한 그는 이십 대에 대마법사의 경지에 이른 불세출의 천재였다. 카트린느가 그런 제 오라비를 입에 올리자 황제는 다소 주춤거렸다. 그에 용기를 얻은 그녀가 당당하게 고했다.

"카를 황자는 제 소중한 아이이자, 폐하의 귀한 혈육이옵니다. 해서 신첩은 그저 지키고 싶었습니다! 폐하께선 제게 그 아이가 마지막이라 하지 않으셨습니까?"

"…그래서, 보이텍 백작에게 무엇을 부탁했단 것이오?"

아이를 하나만 낳겠다고 한 것은 황제 입장에서도 조금 미안한 부분이었다. 모든 게 황태자의 입지를 공고히 다지기 위해서였으나, 어린 아내로선 속상할 수 있다 생각했다. 하여 더욱 아끼고 보듬어 주겠다 다짐한 바도 있었다.

마음이 쓰이던 바를 언급해서인지, 황제는 저도 모르게 말투가 다소 누그러졌다.

"황자를 안전하게 낳을 수 있게 해 달라, 그리 부탁하였습니다. 카를이 잔병치레 없이 건강하게 자랄 수 있도록 오라버니께 간청한 것입니다!"

"황비 마마의 말씀은 황비궁에 걸린 마법이 흑마법이 아니라, 실은 보이텍 백작의 보호 마법이라는 뜻입니까?"

거짓인 줄 뻔히 알면서도 란데르트 공작은 확실히 하기 위해 재차 물었다.

"그래요! 정확히 뭔지는 저도 잘 모르지만, 어쨌든 제 오라버니가 저와 황자를 지키기 위해 한 것입니다!"

흑마법이든 백마법이든 무슨 상관이란 말인가. 어차피 마법은 다 비슷한 거라 여기며 카트린느 황비는 더욱 강경하게 목소리를 높였다.

"그 대지의 기억이란 거, 완벽하긴 한 건가요? 천족과 마족의 흔적은 볼 수도 없다면서 확실한 게 맞습니까? 제가 볼 때는 아닌 것 같은데요."

"폐하! 신이 정령에 대해 잘은 모르오나, 그 또한 완벽한 존재는 아니지 않겠습니까? 하니 부디 한쪽만을 믿지 마시고, 신과 황비 마마의 말씀도 헤아려 주시옵소서! 보이텍 후작가는 평생을 제국과 폐하를 위해 살아왔습니다!"

후작은 딸의 임기응변에 속으로 탄성을 내질렀다. 어떻게 제 오라비를 그런 식으로 끌어들여 이용할 생각을 다 했는지, 제 자식이지만 실로 난 녀석이었다.

"그러면 자결한 신관은 어찌 설명하실 겁니까?"

란데르트 공작은 듣자 듣자 하니 기가 찼다. 요리조리 피해 가는 솜씨는 가히 기특할 지경이었다.

"그자는 황태후 마마의 전담 치료 사제였습니다. 그자가 실수하였고, 마마께선 의식 불명의 상태가 되셨지요. 그런데 살아생전 그 사제가 황비 마마의 궁을 자주 들락거렸다고 하던데…… 그 점에 대해선 뭐라 답을 하시겠습니까?"

"신관이 잘못한 것을 왜 내게 따지는 건가요? 그자라면 실력이 용하다기에 내가 몇 번 궁으로 불렀습니다. 그마저 잘못이라 추궁하시는 겁니까, 란데르트 공작?"

처음엔 저를 싫어하는 황태후의 상태가 어떤지 물어보려 했을 뿐이었다. 그러다 그의 물욕을 엿보았고, 돈을 미끼로 황태후의 암살을 사주했다.

일부러 그러려고 했던 것은 아니었다. 한데 늙은 여우가 이상한 소리를 하는 바람에 영 불안해서 좀처럼 잠이 들 수가 없었다.

"카를 황자가 폐하와 닮은 구석이 하나도 없구나."

"황태후 마마, 그것이 무슨 말씀이십니까? 머리 색이며 눈 색이며, 폐하를 닮지 않은 데가 없는데도요."

"나는 머리나 눈의 색을 말하는 것이 아니다. 그리 따지면 그레이스도 폐하를 닮지 않았다는 소리를 들어야겠지."

"…황녀께선 황후 마마를 닮지 않으셨습니까."

"외모야 그러하지. 하나 폐하와 죽은 내 아들 둘, 그리고 황태자와 그레이스까지 모두가 같은 점을 갖고 태어났네."

"…점이요?"

"그래. 자라면서 사라지긴 했으나 다들 왼쪽 뺨에 세모 모양의 점이 있었지. 나 또한 마찬가지이고. 그런데 카를 황자에게선 그게 보이질 않는구나."

"……!"

"내가 궁에 들어온 이래 이런 아이가 태어난 것은 처음이다."

"…아무래도 카를은 폐하보다 저를 닮은 것이겠지요. 원래 아이는 부모 중 어느 한쪽의 성질을 좀 더 많이 물려받지 않습니까?"

당시 카트린느 황비는 호흡조차 잊을 만큼 놀랐었다. 그런 내력이 있을 줄은 상상도 하지 못했기 때문이다. 정작 황제는 그에 대해선 신경도 쓰지 않았건만, 의외의 복병이었다. 황태후가 수상한 눈길로 자신을 쳐다보기 시작한 것은 그때부터였다.

직접적으로 황태후에게 제 손자가 아닌 것 같단 말을 들은 건 아니었다. 하나 무언가 이상히 여기는 그 태도 때문에, 혹여 진실을 알아낼까 싶어 내내 마음을 졸이고 살았다.

그러다 결국 사제를 매수하게 된 것이다. 황태후가 쓰러지고 린데만 황태자가 추궁하러 왔을 땐 그녀는 이미 두려움으로 거의 제정신이 아니었다.

카를이 자라 황태자에 오르는 것만을 보기만 하면 되리라 믿었던 그녀에게 그러한 예상치 못한 상황은 마치 벼랑 끝에 선 듯한 기분을 느끼게 했다.

마침 대지의 기억을 지우고자 들른 흑마법사가 있었기에 다행이었지, 카트린느는 그때 자신의 생이 끝나는 줄 알았다.

"혹 그 사제가 죽임을 당했다는 건 아십니까?"

"그랬습니까? 안타까운 일이네요. 근데, 그걸 지금 제게 말씀하시는 연유가 뭐지요? 이제 보니 공작께선 그자도 제가 죽였다고 하실 모양입니다!"

"신이 어찌 아무런 증거도 없이 감히 황비 마마를 범인으로 몰겠습니까. 저는 그런 뜻으로 드린 말씀이 아닙니다."

"그러면요? 그 사제가 죽은 게 저랑 무슨 상관이라고

요!"

"조사를 하다 보니 둔기로 후두부를 맞고 기절을 했었나 봅니다. 그 상태로 나무에 목을 매었고요."

"이보세요, 란데르트 공작! 그래서 내가 그걸 알아야 할 이유가……."

"있습니다. 황비 마마께서 들으셔야 할 이유가."

란데르트 공작은 카트린느에게 시선을 고정한 채 못을 박듯 단호히 말했다.

"사제는 그 후 잠시 깨어났습니다. 그리고 발버둥을 쳤지요. 하지만 안타깝게도 결국 유명을 달리하였습니다. 누군가 지켜보는 이가 있었거든요."

란데르트 공작이 턱짓하자 사다드가 주머니에서 물건을 하나 꺼냈다. 그것을 본 카트린느 황비는 눈을 부릅떴고, 보이텍 후작 역시 흠칫 어깨를 떨었다.

"…그건 휘장입니까?"

어느 대신의 물음에 란데르트 공작은 덤덤히 대꾸했다.

"그렇습니다. 쌍두사가 새겨진 이 휘장, 어디서 많이 본 것 같지 않습니까? 죽은 사제의 시체를 거둔 인근 풀숲에서 발견된 겁니다."

죽음을 거부하며 안간힘을 쓰다가 겨우 남긴 범인의 흔적이었다.

"이, 이건 억지입니다! 저를 모함하려고 이런 식으로……!"

머리가 두 개 달린 뱀의 표식. 그것은 보이텍 후작 가문의 인장이었다. 지금만 하더라도 후작의 제복 상의에 쌍두사가 보란 듯이 수놓아져 있었다.

"그리 말씀하실 줄 알았습니다. 이 또한 명백한 증거가 될 순 없겠지요. 휘장의 주인을 찾아 물어도 그가 단독으로 벌인 일이라 자백하면 될 일 아니겠습니까? 물론 그가 살아 있다는 전제하에 말입니다."

란데르트 공작이 이처럼 말이 많은 자였던가?

동생인 리암이 본국에 없어서인지, 그도 아니면 아들과 함께여서인지 그의 말과 행동은 예전과는 사뭇 달랐다.

궁지에 몰린 보이텍 후작이 입술만 꽉 깨물고 있을 때, 공작이 뜻밖의 제안을 해 왔다.

"안타깝게도 죽은 자는 말이 없습니다. 의식을 잃고 계신 분도 그렇지요. 그러니 황비 마마의 말씀이 사실임을 증명할 수 있는 이를 데려오는 것은 어떻겠습니까?"

"내 말을 증명할 수 있는 사람이라고요?"

"네, 마침 시간 맞춰 등장했군요."

실내의 입구 쪽을 향해 란데르트 공작이 돌아서자 너 나 할 것 없이 모두의 고개가 돌아갔다. 그리고 약속이라도 한 듯 다들 깜짝 놀랐다.

"오, 오라버니!"

그랬다. 캐링스턴으로 아무리 연락을 취해도 답장조차 없던 오라비가 나타난 것이다.

이제야 소식을 듣고 달려온 게 분명했다. 든든한 아군이 왔으니 이 지옥 같은 상황에서의 탈출도 금방이리라.

카셀이 단지 혈육이라는 이유만으로 안심한 나머지, 그들은 그를 데려온 이가 란데르트 공작이라는 사실을 깜박했다.

"신, 폐하께 오랜만에 알현 인사드리옵니다."

카셀은 황제에게 제일 먼저 예를 올렸다. 여전히 그의 얼굴은 조각같이 아름다웠지만, 어딘지 전보다 부드러워진 듯한 느낌을 지울 수 없었다.

"보이텍 백작이 왔으니 단도직입적으로 묻겠습니다. 백작, 그대는 카트린느 황비 마마의 궁에 보호 마법을 건 적이 있는가?"

"…보호 마법이요?"

"오라버니! 지금 란데르트 공작은 오라버니께서 제 출산을 위해 궁에 무언가 하신 적이 있느냐 묻는 것입니다. 왜, 그때 불안해하는 저를 위해 직접 손을 쓰신 적이 있지 않았습니까? 오래되어서 바로 기억하지 못하시는 건가요?"

임신 기간에 출산 후까지 더하면 꽤 긴 시간이었다. 카트린느는 기억을 못 할 수도 있을 거란 사실을 부러 강조하며 간절한 눈빛으로 카셀을 바라보았다.

"…내가 그랬던가?"

카셀은 이마를 찡그리며 고개를 갸웃했다.

"역시 잊으셨군요. 첫 조카라고 그리 좋아하셨으면서!"

식은땀이 나는 것을 자연스럽게 닦아 내며 카트린느가 제 아비에게 눈짓했다. 저 미치광이 오라비가 어디로 튈지 모르니 뭐라도 해서 얼른 입을 틀어막으라는 신호였다.

하나 아비의 말보다 아들의 말이 조금 더 빨랐다.

"아이라면 질색인 내가 그런 말을 했을 리가. 그리고 난 네가 임신한 이후로 황비궁에 간 적도 없는걸."

"오, 오라버니! 기억을 잘 떠올려 보세요! 분명 그때 회임을 축하한다며 찾아와 뭔가를 해 주셨습니다! 건강하게 낳길 바란다는 말씀까지 하셨잖아요!"

카트린느는 놀란 기색을 가까스로 숨기며 카셀을 향해 소리쳤다. 이어서 또 이상한 대답이 나온다면 정말로 모든 게 끝이었다.

"무슨 헛소리를 하는 거야? 너와 내가 언제 그렇게 살가운 사이였다고 그딴 말을 해?"

카셀은 제 누이의 얼굴이 처참하게 일그러지는 것을 태

연하게 응시하며 거듭 말하였다.

"지금 내게 폐하께 거짓을 고하라고 종용하는 것이냐? 내가 하지도 않은 일을 했다고 말하라는 이유가 무엇이지?"

카셀은 아무것도 전해 들은 바가 없었다. 그저 라예가르에게서 갑자기 명이 떨어졌다. 별다른 건 아니었고, 입궁하여 있는 그대로의 사실만을 말하고 '돌아오라'는 것이었다.

그는 특별히 이를 위해 손수 황궁까지 배웅을 해 주었다. 이제껏 인간 대접조차 제대로 받지 못했던 카셀에게는 그야말로 영광스러운 순간이 아닐 수 없었다.

겨우 곁에 있는 정도만을 허락하던 상대가 무려 돌아오라 명하지 않았는가.

카셀은 태어나서 처음으로 사명감에 불타올랐다. 이미 남은 생을 모조리 라예가르에게 바치기로 마음을 먹은 그다. 행여 저로 인해 가문이 풍비박산이 난다 해도 그건 제 알 바가 아니었다.

"저, 저 미친……!"

어려서부터 괴이한 면이 있어 최대한 남들 눈에 띄지 않게 조용히 키운 아들이었다. 그나마 똑똑하여 대마법사가 되어 다행이었지, 그도 아니었다면 진즉에 시골 촌구석에

처박아 두었을 것이다.

　언젠가 크게 한번 사고를 칠 거라 예감하긴 했다만, 그 피해자가 아비인 자신이 될 거란 생각은 추호도 하지 못했다.

　"카셀! 폐하께 다시 한번 똑바로 고하거라! 아비와 네 동생, 나아가 집안의 생사가 걸린 일이다! 어찌 이런 중한 순간에 장난 같은 소리를 지껄이는 것이냐! 대마법사인 네가 아니면, 대체 어느 누가 황비궁에 멋대로 마법을 행한단 말이더냐!"

　보이텍 후작은 아들을 향해 경고하듯 일갈했다. 머리 하나는 비상한 녀석이니 이쯤 하면 알아들었으리라.

　그러나 카셀은 외려 더 정색하며 대꾸했다.

　"아버지. 몇 번을 물으셔도 저는 하지 않았습니다. 오늘, 아니 앞으로도 저는 절대 사실만을 말할 것입니다!"

　"오라버니!"

　카트린느는 저도 모르게 새된 비명을 내질렀다. 남도 아닌, 피가 섞인 제 하나뿐인 오라비였다. 한데 어찌 이리 무심하게 나올 수가 있단 말인가.

　결정적인 상황에 나타나 자신과 아버지를 사지로 몰아넣는 오라비의 행태에 그녀는 진심으로 살인 충동을 느꼈다.

　그 감정이 얼마나 강렬했으면 잠깐 사이 그녀의 눈에 핏발이 섰다.

'결국 저놈이 일을 치르는구나!'

카셀은 헥터 후작의 사위이기도 했다. 아주 잠깐 기대감을 품었던 그가 허탈한 표정을 지었다. 인격에 문제가 있다는 걸 알고는 있었지만, 직접 겪어 보니 정녕 미친놈이 아닐 수 없었다.

대관절 란데르트 공작이 무엇을 약속했기에 가문마저 등진단 말인가.

"아버지께서 물으시니 답하겠습니다. 저기 꿇어 엎드려 있는 자, 흑마법의 기운이 넘실거리는 저자라면 그리할 수 있었겠군요."

카셀은 죽은 듯 숨소리조차 내지 않는 흑마법사를 손으로 가리켰다. 그러자 자연스레 모두의 이목이 흑마법사에게로 쏠렸다.

하지만 정작 당사자는 그런 시선들을 신경 쓸 겨를이 없었다. 데스가 황태후를 치료하기 위해 밖으로 나갔지만, 이곳에는 여전히 마황이 버티고 있었다.

둘에서 하나가 되었다 한들 달라지는 건 없었다. 극한으로 치달은 공포는 그를 거의 백치 상태에 이르게 하였다. 뛰어난 흑마법사인 만큼 마족이 가진 압도적인 기운도 잘 느껴지는 탓이었다.

"아직도 증거가 부족하다 여기십니까?"

카셀의 폭탄 발언에 얼이 나간 듯한 부녀를 향해 바율이
물었다. 물론 답을 바란 것은 아니었다. 그저 마지막으로
확실한 증거를 하나 더 대기 전에 뱉은 형식적인 물음일 뿐
이었다.

바율은 스스로 '바람의 속삭임'이라 명명한 능력을 모두
의 앞에서 처음으로 선보였다.

휘이잉!

그가 손을 한 번 휘젓자 별안간 실내에 세찬 바람이 불어
닥쳤다. 그 바람은 내부를 빠르게 두어 번 훑은 뒤, 돌연 가
볍고도 부드럽게 변했다. 그러곤 마치 살아 움직이는 생명
체처럼 사람들 사이사이로 파고들었다.

"아버지! 회의 결과는요? 폐하께선 뭐라고 하세
요? 황태자를 폐위하시겠대요?"

갑작스레 들리는 제 음성에 카트린느는 소스라치게 놀랐
다. 하지만 그건 시작에 불과했다.

그녀가 흑마법을 먼저 거론하는 것부터 해서 보이텍 후
작이 헥터 후작과 손을 잡은 것, 헥터 후작이 아이를 바꿔
치기하기 위해 비슷한 시기에 태어난 사내아이를 모두 죽

이고, 카를 황자에게 종의 낙인을 찍은 것까지 전부 빠짐없이 흘러나왔다.

그야말로 낱낱이 다 밝혀진 것이다.

"그 갓난아이의 몸에 상처를 낸 것이 누구였더라?"

"이제 갓 태어난 이복 아우를 시해하려 했다는 것이야말로 폐태자가 되기에 손색이 없는 구실이니까요. 당신이 흑마법을 걸었다는 걸 알았으면 내가 미쳤다고 그랬겠어요?"

황제가 가장 놀란 건 카트린느가 제 손으로 직접 카를에게 상처를 입혔다고 말했을 때였다.

그의 앞에선 한 번도 보인 적 없는 모습이었다. 표독한 말투는 생경했고, 사랑스러움이라고는 전혀 느낄 수 없었다. 그간 이런 여인을 품에 두었다는 사실이 미치도록 역겨웠다.

대미를 장식한 것은 반역을 논하는 헥터 후작의 말이었다. 흑마법을 이용해 황제와 황태자를 제거하고 제국을 차지하려는 그의 야심이 가감 없이 드러났다.

"방금 그건 바람의 속삭임이라고 합니다. 대지의 기억으로 지난 일을 살피진 못했으나, 바람을 이용해 대화를 엿들을 수 있었습니다. 폐하, 이것이 제가 알아낸 사건의 전말입니다."

사실 바율로서도 잘될 거라 장담하진 못했었다. 그저 항시 어디선가 소식을 주워 오는 템페스타를 떠올리고 시도를 해 본 건데, 생각보다 너무 쉽고 간단해서 오히려 어이가 없을 지경이었다.

그가 처음부터 바람의 속삭임을 공개하지 않은 이유는, 그랬을 경우 상대가 조작이라고 우기며 반박할 거라 확신했기 때문이다.

그래서 그들을 자극하여 스스로가 친 거짓말의 덫에 빠뜨렸다. 그 속임수를 벗겨 내는 데 카셀의 도움을 받았다는 게 오늘의 가장 큰 의외로운 요소였다.

라예가르에게 연락을 취한 건 마황이었다. 그리고 라예가르가 공간 이동으로 카셀을 데려와 준 덕분에 일이 쉽게 풀렸다.

그가 시키는 일이라면 뭐든 하겠다고 입버릇처럼 말하던 카셀은 정말로 그 약속을 지켰고, 제 아비와 누이를 직접 벼랑 끝으로 떠밀었다. 그럼에도 표정의 변화가 조금도 없는 것을 보니 살짝 소름이 돋기도 했다.

"이래도 아니라고 계속 잡아뗄 생각인가?"

바람의 속삭임이 들려준 이야기는 그 파장이 만만치 않았다. 망연자실한 부녀는 둘째 치고, 황제와 대신들 또한 황망하고 창망해서 무어라 말이 나오질 않았다.

황녀를 황자로 둔갑시킨 것만으로도 천인공노할 일이거늘, 무려 역모까지 모의했다. 폴스카 제국 건국 이래로 이토록 참담한 역사는 없었다.

"감히……!"

분노한 황제가 노성을 터뜨리려는 순간이었다.

"하하! 크하하하!"

돌연 헥터 후작이 허리를 젖히며 대소했다.

"이, 이보시오, 헥터 후작! 납작 엎드려도 모자랄 판에 이 무슨 추태요!"

"반역이 실패하여 실성이라도 하였답니까!"

"정신 차리시오, 헥터 후작!"

대신들이 삿대질까지 해 가며 욕을 퍼부어도 후작의 웃음은 한동안 계속되었다. 황제는 어디 얼마나 더 웃는지 지켜보겠다는 양, 입을 꾹 다물고만 있었다. 란데르트 공작과 바율도 두 눈을 비스듬히 뜬 채 가만히 그의 작태를 주시했다.

한참을 흔들리던 헥터 후작의 어깨가 드디어 멈췄다. 그런 그가 자조하듯 뇌까렸다.

"내가 정령에게 또 된통 당했구려. 흑마법이라면 승산이 있을 줄 알았는데 말이외다."

후작은 가면을 벗기로 작정한 듯, 더는 검은 속내를 숨기지 않았다.

"바람의 속삭임? 홋, 과연 그 정령 나부랭이 것들로 할 수 있는 게 어디까지일지 궁금하군."

헥터 후작의 입꼬리가 삐딱하게 틀어졌다.

"어차피 죽을 목숨. 이리되었으니 도박이라도 한번 걸어 봐야 하지 않겠습니까, 폐하?"

"…어디에 숨겼나?"

모두가 들었다. 만일을 위해 황녀를 살려 두었노라고. 그는 지금 황녀의 목숨을 담보로 황제와 거래를 하려는 것이었다.

"제가 그걸 말하면, 신은 어떻게 되옵니까? 필요한 정보를 얻었으니 이 자리에서 바로 뎅강, 목이라도 베실 겁니까?"

"목숨만은 살려 주지."

"그 말씀은 자유롭게 풀어 주진 않겠다는 것으로 들립니다."

"자네를 말하는 게 아니야. 자레드라 했던가?"

"……!"

"네놈의 유일한 아들을 살려 주겠다는 뜻이다."

눈에는 눈, 이에는 이였다. 자식을 건드렸으니 황제 역시 그대로 돌려주겠다는 의미였다.

그러나 헥터 후작은 잠시 흠칫했을 뿐, 동요하지 않았다. 오히려 비소를 지었다.

"가문이 사라지게 생겼는데 장자가 있어 봤자 무슨 소용이겠습니까? 되었습니다. 그냥 죽이십시오."

"네 이놈! 감히 황녀를 담보로 나를 협박하려는 것이냐!"

"아무리 계집질에 눈이 멀었어도 자식 사랑이 끔찍한 폐하가 아니십니까? 황녀를 살리고 싶으시면, 신의 몸에 칼날 하나 닿지 않게 하셔야 할 겁니다!"

헥터 후작은 농담하는 게 아니었다.

이런 순간이 오지 않길 바랐지만, 황녀는 그에게 최후의 보루였다. 그 아이만 있으면 궁을 무사히 빠져나갈 수 있을 뿐더러, 잘하면 후일을 도모할 수도 있었다. 황제의 성정을 알기에 준비해 두었던 보험이 이럴 때 유용하게 쓰였다.

황제는 부들부들 몸을 떨었다. 당장이라도 놈을 죽이라 명하고 싶었지만, 자식의 목숨이 걸려 있었다. 얼굴도 채보지 못한 딸아이의 울음소리가 환청처럼 들려왔다.

놈을 압박해 억지로라도 알아낼까 싶다가도 자칫 그가 자진이라도 하면 딸을 영영 보지 못할지도 몰랐다. 황제는 그게 못내 두려웠다.

"휴우."

바율이 후작을 보며 한숨을 내쉰 것은 그때였다.

"자꾸만 정령을 이리 무시하시니, 제가 무어라 드릴 말씀이 없군요. 어쩌면 그렇게 자레드와 똑같으십니까?"

"…뭐라?"

"학습 능력이 떨어진다는 말입니다."

"학습 능력?"

후작은 잠시 이해하지 못해 반문했다가 이내 얼굴을 와락 구겼다.

"감히 나를 모욕하는 것이냐!"

"그리 느끼셨다면 어쩔 수 없지요. 저는 단지 의아할 뿐입니다. 이미 제가 모든 진실을 밝혀냈는데, 어째서 황녀 전하를 구해 냈을 거라고는 조금도 예측하지 못하는지가 말입니다."

헥터 후작의 다리가 후들거렸다.

이놈이 지금 제 앞에서 뭐라고 지껄이는 것인가?

"허, 헛소리 마라! 날 흔들고자 지어낸 말임을 내가 모를 줄 아느냐?"

"그렇게 생각하고 싶으신 건 아니고요?"

천연하게 대꾸하는 바율을 보고 있자니 헥터 후작은 뒷

덜미가 바짝 죄어드는 듯한 느낌이었다. 예감이 좋지 않았다. 바율이라면, 저 망할 란데르트 공작의 아들이라면 이런 자리에서 무턱대고 아무 말이나 내뱉지는 않았을 것이다.

"네놈이 대체 어떻게……!"

심장이 뻐근하게 조여들었다. 가빠진 호흡에 결국 후작의 신형이 무너졌다.

"그, 그것이 사실인가? 란데르트 백작, 정녕 그대가 황녀를 구하였단 말인가!"

뜻밖의 낭보에 황제가 바율 앞으로 바짝 다가왔다.

공작과 바율은 입성한 이후로 내내 궁에만 머물러 있었다. 그랬던 그들이 황녀를 어느 틈에 구하였다는 것인지 도통 알 수 없었다. 하나, 그 방법 따위는 중요치 않았다. 황제는 그저 딸아이를 만날 수 있다는 생각에 애가 달았다.

"네, 폐하. 하니 심려 마십시오. 황녀 전하는 안전한 곳에 모시었습니다."

"거기가 어디냐! 짐이 당장 가 보아야겠다!"

황제는 역도들의 처리도 잊은 채 다급히 외쳤다. 직접 제 눈으로 확인해야 이 불안이 멈출 것 같았기 때문이다.

"폐하, 진정하십시오. 황녀 전하께선 이미 오고 계십니다."

"뭐, 뭐라? 그 아이가 지금 이리로 오고 있다, 이 말씀입니까?"

란데르트 공작이 고개를 끄덕임과 동시였다.

"황태후 마마!"

별안간 복도에서 황태후를 찾는 소리가 들렸다. 그에 황제는 물론이고 대신들의 눈이 휘둥그레졌다. 지금쯤 처소에서 치료를 받고 있어야 할 그녀였다.

설마 벌써 치료가 끝이 난 것인가?

수십 명의 신관이 쉬지 않고 돌아가며 신성력을 퍼부어도 차도가 없었거늘, 정녕 자신들이 제대로 들은 게 맞는지 의아할 지경이었다.

하지만 모여 있던 이들이 양측으로 쫙 갈라지고, 그 사이로 프리실라 황태후가 걸어 들어오자 그들은 그제야 착각이 아니었음을 깨달았다.

"어마마마!"

황제는 득달같이 어머니에게로 달려갔다.

"벌써 이리 거동하셔도 괜찮으신 겁니까? 좀 더 누워 계시지 않고요!"

그는 작금의 상황이 믿기지 않는다는 듯 황태후의 안위를 살피고 또 살피었다. 란데르트 공작은 처음 그 자리에 그대로 서 있었지만, 무사히 깨어난 벗의 모습에 안도하는 기색이 역력했다.

프리실라 황태후는 조금 전까지 의식을 잃고 사경을 헤매었던 사람이라고는 믿기지 않을 만큼 안색이 좋았다. 흡사 앓고 있던 지병마저 사라진 것 같은 모습이었다.

"난 괜찮습니다. 그저 어미가 되어서 국정에 노고가 많으신 폐하의 심기를 어지럽힌 게 미안할 뿐입니다."

"무슨 그런 말씀을 하십니까! 이렇게 온전히 돌아와 주셔서 제가 얼마나 기쁜지 아십니까!"

황제는 진심이었다. 어머니와 아들을 한날한시에 잃어버리는 줄 알고 겁이 나 좀처럼 아무것도 할 수가 없었다.

"나도 폐하를 이리 다시 볼 수 있어서 기쁩니다."

맞잡은 황제의 손에서 따뜻한 온기가 느껴졌다. 여자 문제로 가끔 제 속을 썩이는 아들이지만, 황태후에겐 유일하게 남은 자식이었다. 다시는 못 볼 줄 알았던 얼굴을 마주하자 그녀의 눈가에 절로 물기가 스몄다.

"황태후 마마."

모자의 애틋한 시간을 방해하고 싶지는 않았지만, 당장 그보다 더 급한 게 있었다. 황태후 곁에 시립하고 있던 로티어스 교수가 나직한 음성으로 조심스럽게 끼어들었다.

"…너도 왔었느냐?"

그제야 아우를 발견한 황제의 눈에 반가운 기색이 스쳤다. 성인이 되고 얼마 되지 않아 궁을 뛰쳐나간 녀석은 황실의 중요 행사가 있을 때나 가끔 들르곤 했다. 그것이 못 내 아쉬워 혼을 내 본 적도 있으나, 녀석의 마음을 돌릴 수는 없었다.

"예, 폐하. 무탈하셔서 다행입니다."

황제에게 깍듯이 예를 올리는 로티어스 교수는 어째 황태후보다 몰골이 더 흉했다. 마음고생을 심하게 한 탓에 며칠 사이 몰라보게 야위었다.

그러나 그의 눈빛만큼은 여전히 변함없이 강직했다. 그런 그가 황태후를 대신해서 뒤돌아 명령했다.

"황녀를 데려오거라."

아우의 발언에 황제가 움찔했다. 그러고 보니 조금 전 란데르트 공작이 자신의 친자가 이리 오고 있다고 말했었다.

"하면 백작이 얘기한…… 안전한 곳이라는 게……!"

바율은 황제를 향해 고개를 숙이는 것으로 답을 대신했다. 그 단순한 행위가 황제에게 새삼 감격을 불러일으켰다.

이 얼마나 대단한 인재란 말인가.

진즉부터 바율의 중함을 인지하고는 있었지만, 이번 사건으로 더욱 크게 깨우쳤다. 세상에 하나뿐인 정령사가 바로 이 제국에 있다는 것에 황제는 진실로 신께 감사했다.

"보십시오, 폐하."

강보에 싸인 아이를 시녀에게서 받아 든 황태후가 황제

를 불렀다.

"폐하에게 어릴 적 있었던 것과 똑같은 점입니다."

그녀는 자애로운 미소와 함께 아이의 왼쪽 뺨을 가리켰다. 그곳에는 정말로 세모난 모양의 점이 뚜렷하게 박혀 있었다.

황제는 홀린 듯 아이를 내려다보았다. 금발에 푸른 눈을 한 어여쁜 여아였다. 자신과 똑 닮은 아이를 마주하자 황제는 콧등이 시큰해졌다.

이 금쪽같은 아이를 잃을 뻔했다.

만약 실제로 그런 일이 벌어졌다면 그는 남은 생을 두고 두고 후회하며 살았을 것이다. 아이는 그간 제게 무슨 일이 있었는지 전혀 알지 못한 채 말간 눈동자를 깜박이며 제 아비를 올려다보고 있었다.

"이름이 템페스타라던가요?"

프리실라 황태후는 따스한 눈길로 란데르트 공작과 바율을 지그시 응시했다. 그 눈빛에는 고마운 마음이 가득 담겨 있었다.

"조금 전 바람의 정령이 다녀갔습니다. 아주 잘생긴 소년이더군요."

휘이잉!

갑자기 실내에 바람이 불었다. 뜬금없는 그 바람에 황태후의 머리칼이 가볍게 휘날렸다. 모습을 드러내진 않았지만, 그것이 칭찬을 알아들은 템페스타의 소행임을 황태후는 바로 눈치챘다.

그녀는 마치 손자의 재롱이라도 본 듯 빙긋 웃으며 말을 이었다.

"이 어미는 보자마자 알았습니다. 이 아이가 진정 내 손녀라는 걸."

"저도 마찬가지입니다."

애틋한 시선으로 조카를 바라보던 로티어스 교수가 돌연 불퉁하니 내뱉었다.

"조카가 참으로 귀엽지 않습니까? 형님과는 안 어울리게 말입니다."

"뭐야?"

"사실 형님보다는 저를 더 닮은 것 같습니다. 그렇지 않다면 이 귀여움이 도저히 납득이 되질 않습니다. 안 그렇습니까, 황태후 마마?"

꽤 오랜만에 듣는 호칭이었다. 철이 들고 나서는 늘 폐하라 부르며 은근히 선을 긋던 동생이 웬일로 그를 형님이라 칭하고 있다.

그것이 저를 위로하는 녀석만의 방식임을 황제는 알고 있었다. 문드러진 제 속을 장난스레 풀어 주려는 아우의 진심에 황제는 저도 모르게 피식 웃고 말았다.

그러나 그 미소는 아주 잠시였다.

황제가 다시 한번 딸을 눈에 담고 돌아섰을 땐, 웃음기라고는 찾아보려야 찾아볼 수 없었다.

주먹 쥔 그의 양손의 뼈마디가 불거졌다. 섬뜩한 안광을 번뜩이며 황제가 사납게 일갈했다.

"뭣들 하느냐! 감히 짐을 모독하고 황태자와 황녀를 시해하려 했던 반역자들이다! 모두 당장 잡아들이거라! 내 이들의 구족을 멸할 것이다!"

황제의 명이 떨어졌다. 그 즉시 도열해 있던 황실 기사단과 병사들이 움직였다.

"폐, 폐하! 목숨만은 살려 주십시오! 그래도 신첩이 황녀의 어미이지 않습니까!"

만천하에 야욕이 드러났다. 더 이상 변명할 거리도, 피할 방도도 없었다. 주저앉아 벌벌 떨고만 있던 카트린느가 황급히 무릎을 꿇으며 제발 살려 달라 울부짖었다.

"닥치지 못할까! 세상에 제 자식을 버리는 어미도 있다더냐!"

자애롭던 미소는 온데간데없었다. 프리실라 황태후가 벌레 보듯 카트린느를 쏘아보며 노성을 질렀다.

"또다시 그 입으로 어미니 어쩌니 운운하면, 내 직접 네

년의 목을 벨 것이다!"

처음부터 이상하리만치 정이 가지 않아 쉬이 마음을 주지 않았다. 그래도 어쩔 수 없는 며느리이기에 황실의 웃어른으로서 섭섭지 않게 챙겨 주려 노력했다.

출산 후에는 산후조리가 중요했기에 친히 몸을 보하는 음식과 그녀의 안위를 살필 사람까지 보냈었다. 전부 거절당하긴 했으나, 황태후는 손주를 위해 할 도리를 다했다.

그러던 와중 카를 황자에게 세모 모양의 점이 없다는 것을 알게 되었고, 황비궁의 시녀들이 이유도 없이 다수 사라지고 있다는 사실을 포착하였다. 그에 이상함을 느끼고 조사하던 가운데 황비에게 매수된 신관에 의해 역습을 당한 것이다.

평소 늘 받던 치료가 뭔가 잘못되었음을 인식했을 땐 이미 말을 할 수 있는 상태가 아니었다. 제대로 가누기도 힘들 정도로 온몸이 부들부들 떨렸다. 혼절하던 순간까지 그녀가 한 생각이라곤 오로지 황제와 황태자에 대한 염려뿐이었다.

행여나 자신처럼 제 아들과 손자까지 당하는 것은 아닌지, 두려움에 차마 맘 편히 눈을 감을 수가 없었다. 아마도 그것이 그녀가 의식을 놓고도 질기게 이승의 끈을 붙잡을 수 있었던 이유가 아니었을까.

정신을 차리고 다시금 눈을 뜬 순간, 황태후는 제 눈앞에 '진짜 황녀'가 있다는 것이 믿기지 않았다. 앞뒤 정황과 이곳에서 역당의 무리가 취조받는 중이라는 얘기까지 듣고 나서야 간신히 숨을 몰아쉴 수 있었다.

"여봐라, 다들 무엇 하느냐! 어서 이년을 내 앞에서 치우거라!"

"폐, 폐하!"

카트린느가 몇 번이고 황제를 부르짖었지만, 그는 그녀에게 시선조차 주지 않았다.

"놓아라, 이놈들아! 내 발로 내가 직접 갈 것이다!"

보이텍 후작은 끝까지 귀족으로서의 체통을 지키고 싶은 양 병사들의 포박을 뿌리치기에 급급했다. 반면 헥터 후작과 흑마법사는 넋을 놓은 채 맥없이 잡혀 끌려 나갔다.

"가시죠."

그때, 만월 기사단이 카셀의 팔을 양쪽에서 붙들었다.

"뭔데? 이 손 안 놔?"

아버지와 여동생을 무심히 쳐다보고만 있던 카셀은 황당한 눈길로 제 몸에 닿은 손을 내려다보았다.

"나는 저들과는 상관없는 사람이라고. 이미 내 증언이라면 다 들었을 텐데?"

"그렇긴 합니다만, 폐하께선 구족을 멸하라 명하셨습니

다. 당연히 보이텍 백작님 또한 그에 해당하십니다."

이제껏 무심하던 카셀의 표정에 처음으로 당황 어린 기색이 떠올랐다.

그는 멍청하지 않았다. 제 아비와 누이가 하려던 짓은 엄연히 역모였다. 그리고 그 죄는 이유를 막론하고 가족과 친지, 심지어 가문에 속한 하인과 가축까지 전부 참형에 처해진다.

그는 무려 주동자의 장자이자 친오라비였다. 돌아오라는 라예가르의 말에 들떠 미처 거기까진 생각하지 못한 것이다.

"하하."

너무 황당했기 때문일까.

카셀은 저도 모르게 웃음이 튀어나왔다. 이 기본적인 맥락을 어떻게 단 한 번도 떠올리지 못했는지 기가 막혔다.

"그간 지은 죄에 대한 대가는 받으셔야지요. 그래도 이번 일에 대해선 정상 참작은 해 주실 겁니다."

카셀은 자신을 보며 담담히 말하는 바율을 잠시 물끄러미 응시했다. 아직 명백히 드러난 죄는 없지만, 카셀이 무고하지 않다는 건 그 자신은 물론 다들 암암리에 아는 사실이었다.

"…여기까지가 네 생각이었던 모양이지?"

"허튼짓을 하실 거라면 그만두십시오. 이사장님께서 아

시면 좋아하지 않으실 겁니다.”

카셀을 진정시키기 위한 말이었다면 가히 칭찬할 만했다. 라예가르를 거론한 순간, 그의 들끓던 분노가 삽시간에 사라졌다.

그래. 그는 분명 돌아오라 말했다.

죽지만 않는다면 언제가 됐든 반드시 그에게로 갈 수 있었다.

“…나중에 보지.”

카셀의 말투는 서늘했지만, 그는 순순히 만월 기사단에게 몸을 내주었다. 그의 머리는 이내 어떻게 하면 자신의 주인에게로 가급적 빨리 돌아갈 수 있을지 궁리하기 시작했다.

“폐하, 이만 궁으로 자리를 옮기시지요.”

신전은 신을 모시는 곳이지, 정치를 논하는 자리가 아니었다. 누군가의 주청에 황제가 고개를 끄덕이며 이동했고, 그 뒤를 공작과 바율, 그리고 대신들이 줄지어 따라나섰다. 치료실은 금세 텅 비었다.

하지만 잠시 후, 사면 중 한쪽 벽면에 그려진 거대한 그림 속에서 별안간 한 줄기 빛이 새어 나왔다. 반달 모양의 눈썹에 하얀 이를 드러내며 해맑게 웃고 있는 금빛 머리칼의 소녀.

인간들에겐 기쁨의 신이라 불리는 알레그리아의 초상이
었다.

Chapter 6.
공개 연애

1.

헥터 후작가와 보이텍 후작가.

한때 나는 새도 떨어뜨릴 정도라던 두 세도가의 몰락에 온 나라가 시끌시끌했다. 근래 사이가 좀 소원하긴 했어도 두 가문은 혼맥으로 이어진 돈독한 관계였다. 그런 그들이 흑마법을 이용해 황녀를 황자로 바꿔치기한 것으로도 모자라, 황제와 황태자까지 해하려 했다는 사실은 제국민들을 분노케 했다.

또한 그들의 음모를 저지하고 황실의 안정을 지킨 이가 란데르트 공작과 그의 아들이라는 진실이 밝혀지자 사람들은 너도나도 '역시나'를 외쳤다.

과연 제국의 살아 있는 전설답다며, 이 세계의 위대한 첫 번째 정령사라며 부자에 대한 칭찬을 아끼지 않았다.

언제부터인가 란데르트 공작과 바율에겐 제국을 위해 신이 내린 선물이라는 수식어가 따라다녔다. 이번 사건은 그를 증명하는 것이나 다름없었고, 란데르트 공작가를 향한 제국민들의 존경과 사랑은 더욱 깊어졌다.

그건 황제도 마찬가지였다. 십년전쟁으로부터 제국을 구한 란데르트 공작의 위상은 늘 황실보다 우위에 있었다. 그가 아니었다면 제국은 존속 자체가 어려웠을 것이고, 당연히 황제는 지금의 자리에 앉지 못했을 터였다.

그럼에도 때때로 황제는 열등감에 시달렸었다. 만인지상의 위치에서 신하보다 못한 신뢰를 받는다는 건 꽤 자존심을 구기는 일이었기 때문이다.

행여 그가 무력으로 반역이라도 일으키는 날엔 그는 속수무책으로 당할 수밖에 없었다.

하여 란데르트 공작을 특별 취급하면서도 타 귀족을 가까이 두어 그들 사이에 긴장감을 조성하고 서로 경쟁하도록 부추기는 것이 그의 정치 방식이었다.

하지만 금번 사건은 황제로 하여금 자기 성찰의 시간을 갖게 하였다. 그가 카트린느를 후궁으로 들인 건 그녀의 미모가 마음에 들어서였기도 했지만, 란데르트 공작을 견제

하는 데 도움이 될 거란 이유도 있었다.

그러나 그 판단이 가져온 결과는 참담했다. 하마터면 어머니와 자식을 잃고, 황실의 대 역시 끊길 뻔하였다.

일어나지도 않은 상황을 떠올리는 것만으로도 황제는 치가 떨렸다.

그는 란데르트 공작과의 독대에서 모든 게 스스로가 어리석은 탓이었다며 고백했다. 고맙다는 인사에 앞서 자신의 과오를 이해해 달라는 황제는 젊은 시절, 공작이 보았던 대담하고 총기 넘치던 모습으로 되돌아가 있었다.

전대미문의 역모를 일으킨 죄로 헥터 후작가와 보이텍 후작가는 사이좋게 멸문에 들어섰다.

황제는 두 가문의 씨를 완전히 말려 버리겠다고 작정한 듯 직계와 방계를 가리지 않고 모조리 잡아들여 참형에 처했다.

반란의 대가가 얼마나 참혹한지를 보여 주기 위해선지 양측 가문의 수장과 카트린느 등 주요 인물들의 머리를 성문에 높게 효수하였다. 거기엔 수용소에 끌려가 모진 생활을 이어 가던 자레드도 끼어 있었다.

마지막에 결정적인 증언으로 아버지와 동생의 거짓말을 밝혀낸 카셀은 그 공을 높이 사 목숨만은 부지하게 되었다.

단, 그 또한 지은 죄가 있기에 20년의 징역형을 선고받

앉다. 인간에게 20년이란 매우 긴 시간이었지만, 그는 라예가르에게 다시 돌아갈 수만 있다면 버틸 수 있다고 생각했다.

떨어져 지내는 동안 마법 실력을 연마해 제 주인을 조금이라도 기쁘게 하겠다는 나름의 알찬 계획까지 세웠다. 물론 라예가르는 그에 하등의 관심조차 없었지만 말이다.

어찌 되었든 오랜 세월 제국의 유일한 공작가로 군림했었던 헥터가와 황비까지 배출했던 보이텍가.

두 가문의 쇠멸 과정은 대중들에게 낱낱이 공개되었고, 그래선지 사건 발생 이후로 한 달이란 시간이 지났음에도 여전히 사람들의 입에 오르내리기 바빴다.

그것을 아는지 모르는지 황제는 직접 성대한 파티를 개최하였다. 가라앉은 황궁의 분위기를 바꾸고, 황녀의 무사귀환도 축하하기 위해서였다.

황궁 파티라면 카를 황자가 출생한 직후에 이미 크게 열린 바가 있었으나, 카를은 황제의 친자가 아니었다. 진짜 황녀가 돌아왔으니 그에 맞는 대접을 하는 것이 마땅하다며 황제는 그 어느 때보다 신경 써서 준비하라는 엄명을 내렸다.

덕분에 여름 방학을 맞이한 바율은 특무 대신으로서의 임무를 잠시 내려놓고 파티에 참가해야만 했다. 다행스러운 건 방학을 맞이한 또래의 귀족 자제들도 베르가라에 대거 초대되었다는 점이었다. 그 무리에는 당연히 바율의 친구들도 포함되었다.

참석할 자격이라면 차고 넘치는 녀석들이었기에 다들 각자의 부모님과 함께 입궁했다.

"와…… 오늘도 라이의 인기는 최고네, 최고야!"

황실에서 주최하는 연회이니만큼 귀족들은 남녀노소를 막론하고 한껏 몸을 단장하고 나왔다. 하지만 아무리 값비싼 장신구를 착용하고 화려한 예복을 갖춰 입어도 일라이에 견줄 수는 없었다.

녀석은 평상복을 입혀 놔도 빛을 발하는 압도적인 외모의 소유자였다. 그런 녀석이 대놓고 치장을 하고 참석했으니 여인들은 물론, 남자들마저 넋을 놓고 바라보기 일쑤였다.

일라이는 그 수많은 눈길을 받으면서도 얼굴색 하나 달라지지 않았다. 그는 본래 남들의 시선을 즐기는 유형이었고, 춤추는 것 역시 좋아했다. 밀려드는 춤 신청을 이번에도 전혀 마다하지 않는 그의 배려에 많은 여성의 심장에 무리가 가는 중이었다.

"또 저번처럼 선물을 한 아름 받겠어. 그걸 돈으로 바꾸면 얼마나 될까?"

"글쎄. 잘은 몰라도 꽤 되겠지?"

"크윽, 부러운 자식. 다음 학기엔 아르바이트 안 해도 되겠다."

"에이단, 생활비가 그렇게 쪼들리니?"

파티장 구석에서 벽에 기댄 채 포도주를 홀짝이던 라나사가 돌연 에이단에게 물었다. 아직 아카데미 3학년이지만, 그녀는 2년을 늦게 입학한 탓에 이미 성인이었다. 친구들은 자신들도 모르게 라나사의 손에 들린 포도주와 저들의 음료수를 비교하며 번갈아 쳐다보았다.

"내가 전에 말했잖아. 티미 때문에 구박이 더 늘었다고. 나, 애들이 가출하는 심정을 이제 알 것 같다니까?"

돈 좀 있다고 갖은 유세를 떤다며 에이단이 가족을, 특히나 레오네트 백작님을 열심히 씹어 댔다.

"돈 빌려줄까?"

"…뭐?"

할아버지를 욕하느라 잘 듣지 못한 모양이었다. 에이단이 뭔 소리냐는 듯 반문하자 라나사가 말했다.

"나 돈 많은 거 알잖아. 내가 빌려줄게."

"라나사, 설마 내가 돈 빌릴 데 하나 없어서 이 고생을 하겠냐? 막말로 여기 바율이나 퀸, 로건도 나한테 생활비 정도는 빌려줄 수 있겠다."

그건 그랬다. 바율은 막대한 수익을 올리고 있는 관광 도시를 가진 영주였고, 퀸은 인어국의 왕자였다. 로건은 세이모어가의 장남으로서 이미 증여받은 재산이 상당하다고 들었다.

"돈을 빌린다는 건 곧 이자가 발생한다는 거야. 몸을 더 고생시키는 게 낫지, 벌써부터 빚쟁이가 되는 건 사절이라고."

"에이단, 전에도 말했지만 이자는 안 내도 돼."

에이단의 딱한(?) 사정에 바율도 라나사처럼 권한 적이 있었다. 그러나 녀석은 그때마다 단칼에 거절했다.

"남의 돈을 대가 없이 쓰는 건 도둑놈 심보지. 그건 내가 싫어."

"그럼 이자 내."

"방금 뭐 들었냐? 이자는 내기 싫다니까?"

"누가 돈으로 내래?"

라나사의 말에 에이단뿐 아니라 옆에 있던 친구들까지 다들 눈이 동그래졌다.

"나도 무이자로 돈은 안 빌려줘. 게다가 넌 나중에 막대한 재산을 상속받게 될 텐데, 그건 내가 너무 밑지는 거래지."

라나사는 거래를 운운하며 포도주를 한 모금 더 들이켰

다. 그러자 친구들의 시선이 전부 약속이라도 한 듯 꿀꺽거리는 그녀의 목 부근에 가 멎었다. 왠지 부럽다는 생각과 함께.

"도서 대여와 반납, 어때?"

"…그 말은 나보고 서적 심부름을 하라, 그런 뜻인가? 내가 맞게 이해한 거야?"

"응. 사실 매번 도서관 왔다 갔다 하는 거 꽤 귀찮았거든. 가서 필요한 책 찾고, 대여장 작성하고, 다시 또 반납하고. 그 시간에 차라리 검술 훈련을 하는 게 낫겠다고 생각한 게 한두 번이 아니야."

라나사는 진심으로 짜증스럽다는 양 고운 미간을 찌푸렸다. 같은 기사학부인 로건은 공감한다는 듯 고개를 주억였고, 당사자인 에이단 역시 이해했는지 반박하지 못했다.

"일주일에 한 번. 내가 필요한 책 목록을 적어 주면 네가 직접 가져다주고 반납까지 해 주는 조건이야. 넌 도서관 알바생이니까 그리 어려운 일은 아닐 것 같은데, 아니야?"

"…그렇긴 하지. 도서관 알바 3년 차인데 무슨 책이 어디에 있는지 척하면 딱이지."

에이단은 살짝 구미가 당겼다. 라나사에게 정당한 대가를 치르고 돈을 빌릴 수만 있다면, 악마 1과 2의 멸시와 차별에서 벗어날 수 있을뿐더러, 방학 때마다 동원되는 노동에서도 해방될 수 있었다.

그뿐이랴.

장학금을 받긴 해도 교통비며 뭐며 소소하게 들어가는 돈도 만만치 않았다. 그나마 교통비는 요즘 잉그리드가 있어서 나아졌지만, 어쨌든 그 비용 때문에 할아버지의 명을 거스를 수 없던 것이다.

"흐음."

에이단이 골똘히 생각에 잠겼다. 포도주 잔에 가려져서 녀석은 보지 못했지만, 라나사의 입술이 한쪽으로 히죽 말려 올라갔다.

그걸 본 바율과 친구들은 눈빛으로 대화를 주고받았다.

'아무래도 라나사는 천재인 것 같아.'

'어. 역시 똑똑해.'

'이 녀석은 알까? 제가 라나사의 계략에 빠졌다는 걸?'

아니. 모를 것이다. 몰라야만 했다.

우린 왜 이 생각을 못 한 거지?

바율은 약간의 죄책감마저 느꼈다. 제국 최고의 부자 가문에서 태어난 에이단이 돈 때문에 아등바등하는 것을 보고 안타까워 몇 번 빌려주려 했지만, 번번이 이자 때문에 막혔다. 그 문제를 이런 식으로 해결할 수 있다고는 상상도 못 했다.

새삼 라나사의 비상함을 그들은 인정하지 않을 수 없었다.

"좋아! 이자 대신 노동력을 지불한다는 점이 마음에 드네."

에이단은 길게 고민하지 않았다. 남은 학기를 따져 보면 엄청난 거금을 빌리는 것도 아니었다. 그 정도면 졸업하고 취직해서 금방 갚을 수 있으리라.

생활비만 해결된다면 학업에 더 열중할 수 있으니 녀석에겐 오히려 이로운 일이었다.

"그래. 그러면 잘 부탁할게."

"나만 믿어. 어떤 책이든 다 구해다 줄 테니까!"

에이단이 아무것도 모른 채 호언장담을 할 때였다. 악단의 흥겨운 연주 소리가 잠시 잦아들었다. 그리고 이내 장내가 약간 소란스러워졌다.

"뭐지?"

"황후 마마나 황녀 전하라도 오신 건가?"

"아니. 그레이스 황녀 전하는 저쪽에 계신걸."

그레이스는 또래의 소녀들과 한곳에 모여 열심히 수다를 떨고 있었다. 그 대화의 내용은 거의 란데르트 공작과 바율, 그도 아니면 일라이를 비롯한 바율의 친구들에 대한 이야기였다.

그런 것을 전혀 알 리 없는 그들은 의아해하며 입구 쪽을 돌아보았다. 그리고 다 같이 약속이라도 한 듯 깜짝 놀랐다.

　"…황태자 전하야."

　"그 옆은 헤이즈 경이고……."

　모두의 이목을 집중시킨 건 린데만 황태자와 헤이즈였다. 아니, 정확하게 말하면 헤이즈의 복장이었다.

　만월의 암사자로 불리는 헤이즈는 입궁 시 항시 정복 차림이었다. 그랬던 그녀가 오늘은 무려 드레스를 입고 등장한 것이다.

　원래도 아름다운 그녀였지만, 지금은 그야말로 다른 사람 같았다. 그녀의 머리카락 색만큼이나 짙은 튜브톱 형식의 붉은색 드레스를 휘날리며 파티장으로 들어서는 헤이즈의 모습은 뭇 남성들을 홀리게 하기에 충분했다.

　"와! 옷차림이란 거 새삼 대단한 거구나! 헤이즈 경이 저렇게 입고 계시니까, 기사라기보단 어느 명문가의 자제분 같아 보여. 안 그러냐?"

　"조용히 해, 에이단."

　"황태자 전하께선 입이 찢어지시기 직전이네. 그렇게 좋으신가?"

　"야, 그만하라니까."

"아 씨, 뭘 자꾸 그만하래? 내가 뭐 못할 말이라도 했냐?"

"그냥 입 닥치고 있어."

"아니, 그러니까 대체 왜…… 읍!"

참다못한 로건이 흥분해서 소리치려는 에이단의 입을 커다란 손으로 틀어막았다. 그러곤 겨우 눈만 드러난 채로 황당해하는 에이단에게 턱으로 옆을 가리켰다.

'라나사……?'

벽에 기대어 포도주를 마시고 있던 라나사가 등과 허리를 꼿꼿이 세운 채 황태자와 헤이즈를 바라보고 있었다. 그런데 그 눈빛이 좀 전과는 사뭇 달랐다.

분명 헤이즈를 보고 반가워하는 것 같기는 한데, 그런 한편 언뜻언뜻 내보이는 기색이 왠지 모르게 살벌하달까.

차마 대놓고 물어볼 순 없지만, 친구들은 라나사가 황태자를 마음에 들어 하지 않는다는 걸 바로 알 수 있었다.

"…난 제복 차림이 훨씬 멋지신 것 같아."

"헤이즈 경은 검을 든 모습이 가장 어울리시긴 하지."

"암. 만월 기사단이신데."

마치 라나사가 들으라는 듯 친구들은 서둘러 에이단이 한 발언과는 다른 말을 뱉어 냈다. 그럼에도 라나사의 표정이 좀처럼 풀어지지 않는 건, 아마도 헤이즈를 플로어로 인도하는 황태자 때문인 듯했다.

린데만 황태자는 아예 오늘로 날을 잡은 모양이었다. 그는 나름 인품도 훌륭했고, 키도 훤칠한 미남이었다. 이십 대 초반이니 결혼하기에 그리 이른 나이도 아니었다.

무엇보다 그는 장차 제국을 이끌어 갈 차기 황제였다. 당연히 미래의 황후를 꿈꾸는 소녀들은 많고도 많았다.

그런 상황에서, 지금까지 비밀리에 연애를 해 오던 황태자가 이렇듯 보란 듯이 헤이즈를 에스코트하여 나타났다. 그건 더 이상 그녀의 존재를 숨기지 않겠다는 뜻이나 다름없었다.

너무 명백한 그 의도에 무도회장이 떠들썩했다. 성인이 된 황태자가 처음으로 관심을 보인 여인이 기사, 그것도 만월 기사단 소속이라는 것은 사람들이 수군거리기에 딱 좋은 얘깃거리였다.

각오한 바였지만, 저에 대한 말소리가 곳곳에서 들려오자 헤이즈의 안색이 딱딱해졌다.

"헤이즈."

연회장에 들어서면서부터 황태자의 시선은 헤이즈에게서 떨어질 줄 몰랐다. 내내 웃는 낯이던 그의 얼굴에 걱정과 자책이 스몄다.

"내 욕심이 그대를 불편하게 했다면 미안합니다. 이렇게까지 긴장할 줄 알았다면 공개를 조금 더 뒤로 미룰 걸 그 랬습니다."

"긴장이요? 전하께선 제가 지금 긴장한 것으로 보이세 요?"

"…아닙니까?"

입장하기 전까지 줄곧 그림 같은 미소로 그를 떨리게 하 던 여인이었다.

헤이즈가 드레스를 입든, 정복을 갖춰 입든 황태자에게 그런 건 아무 상관도 없었다. 예나 지금이나 그를 요동치게 하는 것은 있는 그대로의 그녀 자체였다.

특히 그녀가 자신을 보며 웃어 줄 때, 그는 정신을 제대 로 차리기조차 힘들었다. 흡사 하늘에 붕 떠 있는 듯한 느 낌이랄까.

그렇게 소중한 그녀가 굳은 표정을 짓고 있는데 어찌 신 경을 쓰지 않을 수 있겠는가.

"만약 떠들어 대는 게 거슬린다면 그들의 이목구비를 전 부 기억해 두십시오. 내 황제가 되었을 때, 입을 함부로 놀 린 자들을 엄히 처벌하겠습니다."

"저도 가급적이면 그런 거 신경 쓰고 싶지 않아요. 휴, 그저 제 예민한 청각을 탓해 주세요."

헤이즈는 감각이 뛰어난 기사였다. 고수들의 숨은 기척

과 소리도 찾아내는 그녀에게 파티장의 쑥덕임 같은 건 굳이 노력하지 않아도 들려오기 마련이었다.

"그리고 전, 긴장한 게 아니랍니다. 전장에 비하면 여긴 평화롭다 못해 졸음이 올 지경인걸요."

"하면 어째서……?"

"그냥 좀…… 억울했습니다."

"무엇이 말입니까?"

란데만 황태자가 고개를 갸웃거렸다. 그는 헤이즈를 살피느라 정신이 없어 주변에서 어떤 말들을 해 대는지 제대로 듣지 못했다.

"다들 제가 전하를 꼬셨다고 하잖아요. 반반한 얼굴 하나 믿고 들이댄 게 분명하다면서."

"…그런 소리를 했습니까?"

"네. 그런데 엄밀히 따지면 제가 아니라 전하께서 절 꼬신 게 맞지 않나요? 거부하는 저를 설득시키고, 달래고…… 게다가 전 얼굴보다는 검술 실력에 자신이 있는 편인데요. 아무튼, 그게 좀 억울했습니다. 살면서 오해 같은 걸 별로 받아 보지 못했었는데, 이런 기분이었네요."

"푸흡!"

란데만 황태자가 갑자기 웃음을 터뜨리자 헤이즈는 어리둥절했다. 마치 '이 남자가 왜 웃지?' 하는 눈빛이었다.

"하하하하! 역시 헤이즈, 그대답습니다!"

황태자는 급기야 허리까지 젖혀 가며 박장대소했다. 플로어에서 춤을 추기도 전에 황태자가 크게 소리 내어 웃자 멀리 있던 사람들까지 무슨 일인가 싶어 기웃거렸다.

그 덕에 눈에 띄지 않는 수준에서 황태자를 호위하고 있던 무리가 긴장하는 기색들이 헤이즈에게까지 느껴졌다.

그녀가 곁에 있는 한 황태자는 웬만해선 목숨의 위협을 받을 일이 없었다. 하나 그 정도로는 안심할 수 없었는지, 황제는 역모 사건 이후로 호위 기사들에게 엄명을 내렸다. 절대 황태자의 곁에서 십 보 이상 떨어져선 안 될 것이라는. 그건 베르가라 내에서도 마찬가지였다.

"그래요. 말은 바로 해야지요. 내가 그대를 꼬신 게 맞습니다."

황태자가 순순히 인정하자 헤이즈의 얼굴이 그제야 조금 누그러졌다.

"하나 저들이 전부 틀린 말만 한 것은 아닙니다."

"……?"

"내가 그대의 아름다움에 첫눈에 반한 것은 사실이니까요. 그날 당신이 검을 들었을 때, 그대보다 훨씬 큰 체구의 사내를 완전히 압도하던 그 순간을 나는 아직도 잊지 못합니다."

황태자는 헤이즈의 얼굴을 따뜻하게 어루만지며 말을 이었다.

"전에도 얘기한 것 같지만, 처음이었습니다. 여인에게 관심을 갖게 된 것도, 그 여인이 매일 밤 생각나는 것도, 계속 함께하고 싶은 것도. 내게 그런 마음이 들게 하는 건, 오로지 헤이즈 그대밖에는 없습니다."

"전하…… 이런 장소에서 그런 말씀은 좀……."

헤이즈는 두 뺨이 화끈거렸다.

감정 표현에 늘 당당한 황태자이긴 했지만, 지금은 무수한 시선이 쏠린 상황이었다.

그러잖아도 그가 이런 식으로 말을 할 때마다 그녀는 사고가 정지되곤 했다. 지금도 부끄러운 마음에 눈이 저절로 바닥과 맞닿았다.

"오늘은 우리가 연인 관계임을 공개하는 날입니다. 그러니 너무 수줍어하지 마십시오. 내가 이 순간을 얼마나 기다렸는데요. 부디 그대도 같은 마음이길 바랍니다."

"…폐하께서 절 허락해 주셨다니, 아직도 믿기지가 않아요."

헤이즈가 황태자와 함께 이 자리에 오게 된 건 황제가 그녀를 받아들였기 때문이었다. 그가 언급했던 적은 없었지만, 황제가 한동안 그녀를 반대했다는 것을 헤이즈는 알고 있었다.

서운하다거나 속이 상하지는 않았었다. 아니, 오히려 당연하다고 생각했다. 황실의 여인으로 어울리는 이들은 따로 있다고 여겼던 탓이다.

하지만 무슨 일인지 황제는 돌연 황태자와 헤이즈의 만남을 허락했고, 그와 더불어 기사로서의 길 역시 포기하지 말라 명했다.

헤이즈야말로 기사가 되기를 희망하는 소녀들에게 귀감이 되는 훌륭한 본보기라며, 앞으로의 성취가 더욱 기대된다는 말까지 덧붙였다.

"그거야 자격이 충분하니까요. 사려 깊고 용맹하며, 귀엽기까지 하죠. 내게 그대는 모자람 없이 완전한 상대입니다."

"…절 귀엽다고 하시는 건 전하뿐입니다. 후배들이 들으면 아마 기함할 거예요."

란데르트 공작을 도와 기사단 내에서 후배들의 훈련을 봐주는 것이 헤이즈의 주된 임무 중 하나였다. 검술에서만큼은 작은 실수조차 용납하지 않는 그녀였기에, 후배들은 멀리서 헤이즈가 걸어오는 모습만 보여도 긴장할 정도였다.

"그대를 귀엽게 느끼는 것이 나뿐이라니, 그것도 꽤 기분 좋은 일이군요."

헤이즈는 기사로선 흠잡을 데 없이 완벽했지만, 한 명의 여인으로서는 눈치가 조금 없는 편이었다.

그녀는 자신이 사내들에게 어떤 영향을 끼치는지 전혀 몰랐다. 그녀를 힐긋거리는 놈들을 볼 때마다 그가 어떤 심정이 드는지도 당연히 모를 터였다.

린데만 황태자는 대체적으로 너그러운 성품을 갖췄지만, 헤이즈에게만큼은 아니었다. 그녀만은 홀로 독차지하고 싶은 욕구가 자주 그를 사로잡았다.

하나 그걸 티 내지 않기 위해 부단히도 애를 쓰는 실정이었다. 행여 그로 인해 헤이즈가 저를 싫어할까 싶어서.

찰나 동안 드러났던 욕망을 재빨리 지우며 그가 본래의 화제로 돌아갔다.

"그리고 아바마마께선 요사이 많이 달라지셨습니다. 금번 역모 사건으로 인해 느끼신 바가 많으신 듯합니다. 할마마마가 괜찮다 하시는데도 매일 아침 문안 인사를 가시는 통에, 이제는 할마마마께서 귀찮다고 하실 정도니까요."

"황태후 마마께서 건강을 회복하셔서 너무 다행이에요. 그 덕에 공작 전하께서도 한시름 놓으셨습니다."

리타의 치료를 받은 프리실라 황태후는 의식을 차린 것을 뛰어넘어 지병까지 나았다. 그에 황제는 정녕 용한 치료사라며 데스에게 궁에 머물러 줄 것을 당부했으나, 당연히 단박에 거절당했다.

황제는 아쉬움에 어떻게든 그를 잡아 보려 원하는 것이 있다면 무엇이든 말해 보라 명했지만, 데스에게 리타의 요리를 제외하고 눈에 차는 게 있을 턱 없었다.

그는 지금도 마황과 함께 한쪽에 진득하게 자리를 잡고는 열심히 먹는 일에만 집중하고 있었다. 리타가 한 것보다는 못하다는 말을 연신 꿍얼거리며.

"할마마마께선 카를과 레티아를 위해서라도 건강히 장수하실 게 분명합니다. 하니 공작 전하께는 염려 마시라 전해 주십시오."

카를은 황제의 친자가 아니었지만, 이미 친부모가 헥터 후작의 손에 목숨을 달리했다. 게다가 몇 달간 친자식인 줄 알고 키우며 정이 많이 들었던 터라, 결국 궁에서 거두기로 결정이 났다.

그렇다고 양자로 들인 것은 아니었고, 잘 키워서 훗날 곁에 두고 유용하게 쓰겠다는 의미였다.

이번 사건을 정리하면서 헥터 후작에 의해 억울한 죽임을 당한 다수의 피해자를 찾아내어 보상 절차를 밟는 일 또한 잊지 않았다.

영문도 모른 채 가족이 개죽음을 당한 이들에게 해 줄 수 있는 게 고작 물질적인 보상밖에는 없다는 것이 가슴 아팠지만, 그렇다고 이미 죽은 자를 살려 낼 도리는 없었다.

템페스타가 무사히 구출해서 데려온 황녀의 정식 이름은 '레티아 코아트니 무어'였다. 기쁨의 신전에서 딸과의 첫 대면을 했던 황제가 손수 지어 내린 이름이었다.

"그럼 우린 이만 춤을 시작해 볼까요?"

플로어의 중앙을 차지해 놓고, 너무 대화만 나누었다. 황태자가 뒤늦게 허리를 숙이고는 손을 내밀어 헤이즈에게 춤을 신청했다.

"음. 전하, 잠시만요."

그런데 헤이즈가 약간 머뭇거리는가 싶더니 갑자기 머리에 꽂았던 핀 하나를 빼 들었다. 아무 무늬도 없는, 순전히 머릿결 정리를 위해 꽂아 두었던 평범한 쇠 핀이었다.

"거슬리는 자가 있어서요."

이해할 수 없는 그녀의 행동에 린데만 황태자가 그저 눈만 슴벅거릴 때였다. 별안간 그녀가 손에 든 핀을 어디론가 던졌다.

큰 동작은 아니었지만, 이미 많은 눈길이 둘의 움직임을 주목하고 있었다. 자연스레 그 시선들이 전부 그녀가 날린 핀을 따라갔다.

퍽!

"이히힉!"

기실 그리 크지 않은 크기였기에 처음엔 무엇이 날아갔는지도 알지 못하는 이들이 대다수였다. 하지만 대리석 벽에 꽂힌 물건의 정체를 안 순간 다들 경악하며 비명조차 흘리지 못했다.

저 작은 머리핀이 어떻게 대리석을 뚫고 박힐 수가 있는 것인지, 그들의 머리로는 도저히 이해가 불가했다.

그다음으로 사람들의 시야에 잡힌 건 술이 얼큰하게 취한 웬 사내가 얼이 나간 채 바닥에 엉덩방아를 찧은 모습이었다. 그런 그의 한쪽 뺨에선 칼에 베이기라도 한 듯, 주룩 핏물이 흐르고 있었다.

그 옆으로 당장 울 것 같은 얼굴을 한 소녀가 발발 떨고 있는 것으로 보아 대충 상황을 짐작할 수 있었다.

"어린 소녀들만 노리는 상습범입니다. 다음에 걸리면 두 팔을 잘라 버리겠다고 경고했었는데, 결국 고치질 못했네요."

헤이즈가 싸늘한 눈빛으로 곁눈질하자 근처에 있던 만월 기사단이 바로 이동했다. 사내는 곧장 연행되었고, 소녀의 몸에는 담요가 둘러졌다.

멀리서 소녀의 부모로 보이는 듯한 중년인이 뛰어가는 게 보였다.

"…전하?"

방금 전 멋지게 춤 신청을 했던 린데만 황태자가 굳은 듯
서 있자 헤이즈가 그를 향해 방긋 웃었다. 그런 그녀의 얼
굴은 마치 아무 일 없었던 것처럼 해맑기 그지없었다.

Chapter 7.
합체

1.

"방금 그거, 형님들도 봤어요? 저 작은 핀이 저렇게 쉽게 벽에 박히다니! 저는 이런 거 태어나서 처음 봐요!"

헤이즈로 인해 바율과 친구들이 멍해져 있을 때, 그들 앞으로 불쑥 라피트가 나타났다. 녀석은 플로어에서 춤을 추기 시작한 연인과 대리석 벽을 번갈아 휘휘 바라보며 놀라움을 금치 못했다.

"역시 만월의 암사자란 별명은 괜히 붙은 게 아니었어요. 진짜 대박이네요. 와, 난 언제쯤 흉내라도 낼까!"

"헤이즈 경처럼 되고 싶으면 잠부터 줄여."

이제껏 화난 사람처럼 입을 꾹 다물고 있던 라나사가 잔을 내려놓으며 라피트에게 충고했다. 다행히 그런 그녀의 음성은 평소대로 돌아와 있었다.

"잠을 여기서 더 어떻게 줄여요? 누님, 저 하루에 여섯 시간밖에 안 잔다고요."

"네 시간."

"예?"

"난 네 시간 자. 그런데도 늘 시간이 부족해서 아까워 미칠 거 같아. 여섯 시간이면 '밖에' 가 아니라 '이나' 라고 해야지. 잘 거 다 자면서 헤이즈 경처럼 되고 싶다고 하는 건, 너무 욕심 아니니?"

똑 부러지는 라나사의 말투에 라피트는 순간 말문이 막혔다. 제 사촌 누나가 연습 벌레인 줄은 진즉에 알았지만, 매일 겨우 네 시간 정도밖에 자지 않는다는 건 처음 들었다.

상대적으로 늦게 시작한 검술임에도 기사학부 수석을 놓치지 않는 건 이런 노력이 뒷받침되어서였을까?

새삼 라나사가 인간으로 보이지 않는 라피트였다.

"우와. 과연 라나사 선배님이시네요! 저도 선배님을 본받아서 더욱 분발해야겠어요!"

"…젬마, 너도 있었니?"

라피트의 커다란 덩치에 가려져 있어 미처 발견이 늦었

다.

젬마가 황궁에서 만나니 한결 더 반갑다며 그들을 향해 깍듯하게 인사했다. 전부터 느낀 거지만, 등장만으로도 분위기를 밝게 해 주는 특별한 기운이 있는 녀석이었다.

"그런데 너 이번 기말 때 1학년 수석 하지 않았어?"

"네, 맞아요."

에이단의 물음에 젬마가 고개를 끄덕이자 녀석은 혀를 내둘렀다.

"그러면서 무슨 분발을 더 하겠다는 거야? 하던 대로만 하면 될 것 같구먼. 그러다 몸 상한다."

"다른 학부도 마찬가지겠지만, 마법이란 건 공부를 하면 할수록 어려운 학문이더라고요. 그래서 9서클 대마법사인 할아버지께서도 아직까지 연구에 몰두하시는 거고요. 아직 저는 한참 모자라요."

"겸손이 너무 지나친 것 같은데."

젬마는 1학기 중간고사와 기말고사에서 연이어 학부 수석을 차지했다. 대마법사를 다수 배출한 메켄지 후작가의 자손답게 마법 실기에선 선배들보다 월등한 기량을 선보였다고 이미 소문이 파다했다.

"원래 마법이란 게 그렇지. 노력하지 않으면 금방 도태되기 마련이거든. 물론, 나처럼 타고난 재능이 워낙 특출한 경우엔 예외지만."

"라이 선배님!"

춤바람이 났던 일라이가 돌아오자 젬마가 안 그래도 큰 눈을 더욱 크게 뜨며 녀석을 반겼다. 같은 마법학부생인 둘은 통하는 게 있는지, 언젠가부터 엄청 사이가 좋아 보였다.

"너 왜 벌써 오냐? 대기 줄이 아주 끝도 안 보일 정도던데."

"흥이 떨어졌어."

"흥?"

"어. 누구 때문에."

보석처럼 반짝거리는 일라이의 붉은색 눈동자가 황태자와 헤이즈 쪽을 힐긋거렸다. 파격적인 등장과 행동으로 파티장의 시선을 사로잡은 그들은 현재 세상에 오직 둘뿐이라는 듯 아름다운 모습을 연출하고 있었다.

"근데 젬마, 넌 여긴 웬일이야? 진짜로 라피트랑 사귀는 거야?"

"에엑? 형은 무슨 그런 무서운 농담을 합니까? 저, 아직 앞길이 창창한 열일곱 살 소년이라고요!"

"내가 괜히 하는 소리가 아니야. 아카데미에서 너희 둘이 붙어서 떨어질 줄 모른다는 말들이 얼마나 많은데? 안 그러냐, 애들아?"

일라이는 펄쩍 뛰는 라피트를 오히려 더욱 수상쩍다는 듯 바라보았다. 녀석의 친형인 로건과 다른 친구들 역시 별반 다르지 않은 표정이었다.

"헐! 이 형님들이 사람 잡네. 이 녀석은 말이죠, 그냥 여자 사람이에요. 후배 여자 사람. 제 이상형과는 거리가 멀어도 한참 멀다고요!"

"그래? 아카데미에서 미모로 1, 2위를 다투는 우리 명랑 여신이 네 취향이 아니라고? 넌 젬마가 안 예뻐?"

"예쁘죠! 예쁘긴 엄청 예쁘죠!"

본인의 대답에 형들과 사촌 누나의 눈빛이 어떻게 변했는지 눈치채지도 못한 채 라피트가 이어 말했다.

"하지만 예쁜 게 다는 아니잖아요? 대체 우리가 어딜 봐서 사귄다는 겁니까? 손도 한 번 안 잡아 봤구먼!"

"음, 라피트 선배님. 전에 손은 잡지 않았었나요?"

"…뭐?"

라피트가 귀신이라도 본 양 흠칫 어깨를 떨며 젬마를 돌아보았다. 녀석은 진심으로 황당해하는 얼굴이었다.

"제가 기억하기로 한 서너 번은 될 것 같은데."

"오! 그게 정말이야?"

"야, 너 우리가 언제……!"

"기숙사 앞에서 제가 발을 헛디뎌서 넘어질 뻔했을 때, 강당에서 인파에 치여 길을 헤매고 있을 때, 식당에서 대신 급식 받아 주셨을 때. 지금 당장 생각나는 건 이 정도가 전부네요."

젬마는 마치 국어 책을 읽듯 차분하게 당시 상황을 나열했다. 라피트는 그런 젬마를 무슨 괴 생명체 보듯이 쳐다보다가 서둘러 재차 변명했다.

"얘가 말을 좀 이상하게 하는데, 형님들도 들었다시피 그냥 단순하게 손을 잡.아.준.것. 뿐이지, 다른 의도는 없었습니다. 정말이에요!"

"당황하는 게 어쩐지 더 의심스러운데. 다른 마음이 없었던 것 확실해? 젬마도 과연 그렇게 생각할까?"

"글쎄요. 라피트 선배님 마음까지는 제가 살필 겨를이 없어서 모르겠네요."

흥분해서 날뛰는 건 라피트 혼자였다. 젬마는 자신이 현재 어떤 오해를 받고 있는지 전혀 신경 쓰이지도 않는지, 줄곧 침착한 표정과 말투로 생글생글 웃으며 대꾸했다.

"와, 진짜 누가 얘 보고 명랑 여신이래! 완전 또라이구먼!"

"그건 라피트 선배님 별명이죠. 아, 근데 전 그렇게 생각하지 않아요. 정말 친절하신 분이거든요."

"이 녀석이 친절하다고?"

"네. 제가 졸졸 따라다니면서 묻는 말에 답변도 아주 잘 해 주세요."

"들었지? 형님들, 누님! 들으셨죠? 우린 붙어 다니는 게 아니라, 이 녀석이 일방적으로 쫓아다니는 거라고요! 전부 바율 형 때문에! 그 위인전인지 뭔지를 만들겠다고 저를 들들 볶는 거라니까요?"

"아, 그런 거였어?"

사실 이미 다 아는 얘기였지만, 라피트를 놀리는 데 재미가 붙은 일라이는 전혀 몰랐다는 양 고개를 크게 주억였다.

"그런데, 지금은? 여긴 아카데미도 아닌데 왜 같이 있어?"

"헉, 맞다! 세드릭!"

"뭐야, 생뚱맞게 갑자기 세드릭은 왜 찾아?"

길길이 난리를 치던 라피트의 낯빛이 돌연 얼음처럼 굳었다. 그건 젬마도 비슷했다. 녀석들이 나란히 정원 방향을 가리키며 다급한 음성을 발했다.

"밖에 싸움 났어요!"

"아니, 나기 직전이에요!"

"싸움?"

로건의 금안이 서늘하게 빛났다.

"설마 세드릭이 그 싸움에 연루되었다는 거야?"

"누구랑 붙었는데?"

어느새 라나사가 바투 다가섰다. 풀어졌던 그녀의 안색이 다시금 험악하게 바뀌어 있었다. 모르긴 몰라도, 누군가 세드릭을 건드린 거라면 그자는 된통 잘못 걸렸다.

"그게…… 제 동생이랑요."

라나사의 기세에 살짝 주눅이 든 듯 젬마의 목소리가 작아졌다. 의외의 상대에 모두의 눈이 커졌다.

"젬마한테도 동생이 있었구나. 남동생이야?"

"네."

"몇 살인데?"

"열 살이요."

그러면 아홉 살인 세드릭과는 한 살 차이였다.

"혹시나 해서 묻는 건데, 막 치고받고 싸우는 건 아니지?"

"아마 지금쯤이면 그럴 수 있을지도……."

자신을 노려보는 형의 눈길을 은근슬쩍 피하며 라피트가 말끝을 흐렸다.

"동생이 그런 일에 휘말렸으면 말렸어야지, 여긴 왜 온 건데? 형이 되어서 그런 거 하나 중재 못 해?"

"세드릭이랑 에프론, 둘만 있었다면 우리가 충분히 막을 수 있었지."

"아, 에프론은 제 동생 이름이에요."

젬마가 눈치를 살피며 재빨리 부연했다.

"거기에 누가 또 끼었단 말이야?"

"패싸움이라도 났어?"

로건과 라나사가 다그치듯 묻자 라피트와 젬마가 별안간 에이단을 지목했다.

"이름이 클라라라고 했어요."

"에이단 선배님의 여동생이라고 하던데⋯⋯."

"⋯뭐? 누구라고?"

에이단으로 말할 것 같으면 여태 강 건너 불구경하듯 돌아가는 상황을 지켜보고 있었다. 그러던 와중 제가 목숨보다 아끼는 동생의 이름이 튀어나오자 녀석이 사레들린 사람처럼 컥컥거렸다.

"이 싸움의 발단이 클라라라고요. 그 꼬맹이 때문에 이렇게 된 거라니까요? 애초에 걔가 말을 들어 먹었으면 우리가 여기 왔겠어요?"

"에이단, 네 동생도 같이 입궁한 거야? 왜 말 안 했어?"

"왜 말 안 했냐고?"

에이단의 인상이 기괴한 각도로 일그러졌다.

"그거야 나도 몰랐으니까!"

"…어? 몰라?"

"그래! 내가 우리 라라가 집에 있었으면 황궁에 왔겠냐?"

클라라가 혼자 걸을 수 있을 정도가 되었을 때부터 에이단의 부모님은 막내딸을 사업장에 데리고 다녔다. 어린것을 부모 없이 혼자 둘 수 없다는 이유에서였다.

해서 귀여운 여동생을 자주 볼 수 없다는 게 에이단에겐 큰 불만 중 하나였다. 이번에도 사업차 외국에 가 계셨기에 에이단은 할아버지인 레오네트 백작과 함께 입궁했다.

"어디야, 거기가?"

당장 불으라는 듯 에이단의 두 눈이 이글이글 불타올랐다. 녀석은 마치 제 어린 동생이 불량배들에게 둘러싸여 핍박이라도 당하고 있다 착각하는 모양새였다.

하지만 잠시 후, 문제의 장소에 도착한 그들 앞에 펼쳐진 광경은 에이단의 상상과는 아주 많이 달랐다.

클라라라고 했던가?

녀석은 제 오라비가 누누이 말했던 대로 아주 깜찍하고 예쁘게 생긴 일곱 살의 꼬마 숙녀였다.

햇볕에 탄 듯 검은 피부가 건강해 보였다. 허리춤에서 구불거리는 머리칼은 맑은 하늘색을 띠었고, 커다란 눈동자는 그보다 진한 바다 빛깔이었다. 녀석은 피부색과 대조되는 무릎길이의 새하얀 원피스를 앙증맞게 차려입고 있었다.

자라면 제국 최고의 미녀가 될 거라던 에이단의 발언이 절대 과장이 아니었음을 다들 느꼈다.

그러나 양손에 나뭇가지를 든 채 괴상한 소리를 내며 몸을 흔들고 있는 클라라는 친구들로 하여금 많은 생각을 들게 하였다.

"에계! 세이모어 가문의 사내라면서 고작 그 정도밖에 못 해? 메켄지 가문은 전부 대마법사들뿐이라고 들었는데, 소문이 과장이었나 보다!"

게다가, 저 말투.

듣는 이의 자존심을 박박 긁어 대는 저 소리가 이번 일의 원흉임이 틀림없었다. 녀석이 한마디씩 더 뱉어낼 때마다 세드릭과 에프론의 으르렁거림도 커져 갔다.

'어?'

한숨을 내쉬며 일행이 동생들에게로 걸어가는 순간이었다. 바율은 갑자기 들리는 이명에 멈칫거렸다.

'뭐지?'

기분이 이상했다.

귓가를 울리는 기이한 울음소리.

'대체 어디서……?'

주변을 돌아보던 바율의 시선이 멈춘 곳은 클라라의 목이었다. 정확히는 녀석의 목에 걸린 열쇠 모양의 목걸이. 그것이 누군가를 부르고 있었다.

"라라!"

갑작스레 들리는 작은오빠의 음성에 클라라의 고개가 획 돌아갔다. 녀석의 자그마한 얼굴에서 가장 큰 부분을 차지하는 한 쌍의 눈동자가 이내 반가움으로 더욱 커졌다.

"작은오빠!"

클라라가 양손에 들고 있던 나뭇가지를 아무렇게나 던지고는 에이단을 향해 달려왔다.

"라라, 그러다 넘어져!"

그러나 그 염려가 무색하게도 녀석은 이미 제 오빠의 품으로 뛰어들고 있었다. 익숙한 상황인지, 에이단 역시 어느 틈엔가 바닥에 무릎을 꿇고 동생과 눈높이를 맞춘 상태였다.

"히잉! 보고 싶었어! 작은오빠는 나 안 보고 싶었어?"

조금 전 건들건들한 자세로 두 남자의 싸움을 부추기던 모습은 온데간데없었다.

그리움이 절절 묻어나는 말씨 하며, 물기 어린 눈망울까지. 작은 팔로 다신 놓지 않겠다는 양 제 오빠를 끌어안은 채 얼굴을 비비는 클라라는 정녕 꼬마 요정 같았다.

하나 짧은 시간에 너무나 극명한 변화를 목격한 탓일까. 어린아이에게 할 말은 아니었지만, 순간 친구들은 이중인격자가 아닌가 의심이 일 정도였다.

"왜 안 보고 싶었겠어! 우리 라라 보고 싶었으니까 이렇게 달려왔지. 그러는 너야말로 궁에 왔으면 오빠부터 찾았어야지, 여기서 왜 이러고 있어?"

에이단이 서운함에 살짝 질책하듯 말하자 클라라가 돌연 세드릭과 에프론이 있는 방향을 손가락으로 가리켰다.

"이게 다 쟤들 때문이야."

"쟤들?"

"응! 내가 작은오빠를 찾다가 잠깐 길을 잃었거든. 그러다가 쟤네를 만났는데, 자기들이 길을 찾아 주겠다는 거야."

"그래서?"

"당연히 고맙다고 하면서 따라갔지. 그러곤 이름이 뭐냐고 물어봤거든? 나중에 신세를 갚아야 하니까. 세상에 공짜는 없는 법이라고 할아버지께서 늘 말씀하셨잖아."

신세라는 단어가 일곱 살짜리 입에서 나올 말은 아닌 것 같지만, 그렇게 생각하는 건 친구들뿐인 듯싶었다. 에이단은 고개까지 끄덕거리며 맞장구를 쳤다.

"그렇지. 레오네트 가문의 사람이라면 능히 그래야지."

"근데 쟤네가 자기들 이름을 밝히더니 갑자기 막 싸우는 거야. 검이 최고라느니, 마법이 최고라느니 그러면서."

"그랬어?"

"응! 좀 이상한 애들 같지 않아? 이 세상에서 제일 좋은 건 돈인데. 그치, 작은오빠?"

해맑게 물어오는 클라라의 얼굴을 마주 본 에이단은 차마 바로 호응해 주지 못하고 생각에 잠겼다. 아무리 아끼는 동생이라지만, 돈이 제일이라는 말에는 동의할 수가 없었기 때문이다.

제 사랑스러운 동생에게 이딴 사상을 심어 준 게 누구일까?

분명 아버지나 어머니는 아닐 것이다. 뼛속 깊이 상인의 피가 흐르시는 두 분은 항상 돈보다 더 중요한 건 상호 간의 신뢰라고 하셨다. 그와 더불어 돈은 부가적으로 따라와야지, 모든 일의 최우선 순위가 되어서는 안 된다고 강조하시곤 했다.

불과 얼마 전까지만 해도 녀석은 이런 말을 하지 않았었다. 짐작하건대 이번 출장에서 누군가 떠드는 시답잖은 소릴 주워들은 게 틀림없었다.

"야! 내가 반말하지 말라고 했지? 나, 너보다 세 살이나 많은 열 살이거든?"

머리엔 큼지막한 모자를 쓰고, 등에는 붉은색 망토를 두른 사내아이가 바짝 약이 올라 소리쳤다. 굳이 묻지 않아도 젬마의 동생임을 한눈에 알 수 있었다. 성별만 다를 뿐, 녀석은 제 누나와 놀랍도록 닮아 있었다.

"나도 아홉 살이니까, 오빠라고 부르도록 해."

세드릭은 짐짓 어른스럽게 클라라를 꾸짖었다. 에프론에 비해 꽤 침착한 말투였지만, 녀석 또한 양 볼이 분홍빛으로 달아올라 있었다.

"세드릭."

그런 동생을 보며 로건이 엄한 음색으로 물었다.

"클라라의 말이 전부 사실이냐? 정녕 그 손에 든 나뭇가지로 에프론과 다퉜어?"

"이건…… 그냥 방어 차원에서 들고 있던 것입니다. 혹시 마법으로 절 공격할지도 모르니까요……."

억울함이 가득 담긴 목소리로 대답하는 세드릭은 당장이라도 닭똥 같은 눈물을 뚝뚝 흘릴 것만 같은 표정이었다.

무뚝뚝한 형은 자신보다 무려 열 살이나 더 많았고, 무언가를 잘못했을 때 봐주는 법이 없었다.

"세드릭, 괜찮아. 이리 와."

그때 상황을 쭉 지켜보던 라나사가 앞으로 나섰다. 그러자 로건의 눈빛에 잔뜩 겁을 먹고 있던 세드릭이 구세주라도 만난 양 냉큼 사촌 누나에게 안겼다.

"흐음, 그럼 이제 우리 진실의 시간을 한번 가져 볼까
나?"

일라이는 일행 중 유일하게 형제가 없는 외동이었다. 뒷
짐 진 채로 관망만 하고 있던 그가 갑자기 진중한 어조를
발하며 끼어들었다.

"진실의 시간이라니? 무슨 진실?"

"네가 죽고 못 사는 그 귀여운 꼬마 숙녀께서 과연 있
는 그대로의 사실만을 얘기했느냐, 뭐 그런 걸 따지자는 거
지."

"뭐야? 라이, 넌 그럼 우리 라라가 거짓말이라도 했다는
거냐?"

"아직 모르니까 밝혀 보자는 거잖아. 객관적으로 생각해
봐. 세드릭이 어디 다짜고짜 싸움질을 벌일 성격이야? 내
가 아는 한, 세드릭은 세이모어가의 삼 형제 중 가장 예의
가 바른 녀석이거든."

고로 진짜 싸움이 났다면, 적어도 아무 이유 없이 그랬을
리는 없다는 게 일라이의 잠정적인 결론이었다.

게다가 라피트와 젬마의 저 표정을 보아라. 둘은 클라라
가 말을 내뱉을 때마다 점점 더 어이를 잃어 가고 있었다.
마치 저 예쁜 입으로 어떻게 저런 깜찍한 거짓말을 늘어놓

을 수 있냐는 듯.

로건 역시 제 동생의 성품을 잘 알기에 꾸중을 하기 전에 질문부터 한 것이리라. 물론 풍기는 분위기가 무척이나 살벌하긴 했지만 말이다.

"클라라, 다시 한번 제대로 말해 주지 않을래? 세드릭과 에프론이 자기소개를 하고 난 후, 너도 뭐라고 한마디 했을 것 같은데. 그렇지?"

녀석의 말만 믿기엔 클라라는 첫인상에 이미 많은 면모를 보여 주었다. 필시 둘을 자극할 만한 어떤 발언을 했을 것이다. 저 귀여운 얼굴에 속아 넘어가선 안 되었다.

"와! 엄청 예쁘게 생긴 오빠네!"

"…뭐?"

일라이는 클라라의 나이를 감안해서 평소보다 훨씬 부드럽고 나긋하게 달래듯 물었다. 입가엔 아무 때나 볼 수 없는 그림 같은 미소까지 덧붙인 채.

그 탓이었을까.

그의 물음에 답은커녕 클라라가 대뜸 일라이의 외모에 감탄을 터트렸다.

"오빠, 사람 맞아요? 사람이면 이렇게 잘생길 리가 없을 텐데! 내가 아빠랑 엄마 따라서 진짜 여기저기 많이 돌아다녔거든요? 근데 오빠 같은 사람은 본 적이 없어요! 어떻게 이렇게 생겼지?"

녀석은 아예 고개까지 젖히고 일라이를 빤히 올려다보았다. 정말로 신기하다는 양 바다색을 닮은 눈동자가 너울이일 듯 반짝거렸다.

"나…… 사람 맞거든? 내가 어딜 봐서 사람이 아니야?"

일라이는 의도치 않게 꽤 당황했다. 일곱 살 꼬마의 눈빛이 꼭 제 속을 샅샅이 훑는 듯한 느낌이 들었기 때문이다. 실제로도 인간이 아닌 드래곤이기에 더욱 뜨끔한 것도 있었다.

"진짜로요?"

클라라는 도저히 믿을 수가 없어 묻고 또 물었다. 그러던 녀석의 시선이 일라이의 뒤쪽에 서 있던 퀸에게로 가 멈췄다. 그리고 자연스럽게 남은 일행의 면면도 살피기 시작했다.

"작은오빠! 혹시 작은오빠는 친구를 얼굴 보고 사귄 거야? 저 오빠도, 이 오빠도, 그리고 저 언니들도 전부 너무 예쁘다. 인형 같아!"

분명 에이단도 미모가 떨어지는 편은 아니거늘, 선남선녀를 단체로 만나는 경우가 드물어서인지, 클라라는 상당히 고양되어 보였다. 귀여운 것만 보면 환장하는 에이단과 비슷한 듯 다른 면이었다.

"바율?"

퀸이 뭔가 이상함을 감지한 건 그때였다. 바율이 아까부터 한마디도 하지 않고 있음을 뒤늦게 자각한 것이다. 그가 미간을 찌푸리며 녀석의 팔을 잡았다.

"너 왜 그래? 정신을 어디에다 판 거야?"

"…어?"

바율은 그제야 상념에서 빠져나왔다. 하나 계속 울리는 기이한 소리 탓에 그러고도 잠시 바보처럼 멍멍하게 서 있기만 했다. 그러다 어느 순간 애써 고개를 휘휘 내저었다.

이럴 때가 아니었다.

클라라의 목에 걸린 열쇠 모양의 목걸이.

자신에게만 들리는 듯한 이 울음소리는 분명 저기에서부터 흘러나왔다. 그는 저 열쇠가 제 것과 한 짝임을 본능적으로 직감했다.

바율의 손이 버릇처럼 펜던트를 만지작거렸다. 어머니께서는 이게 태고의 신물 중 하나이자, 정령계를 잇는 통로라고 말씀하셨다.

만일 열쇠로 잠긴 펜던트를 열게 되면 어떤 일이 벌어지게 되는 것일까.

혹시 정령계로 갈 수 있는 문이라도 생기는 걸까? 그러면 어머니와 바일을 당장 만날 수 있을 텐데. 어쩌면 아버지도 함께 말이다.

"저기······."

그런 상상을 하자 바율은 더는 참을 수가 없었다. 그는 마치 자석에 이끌리듯 클라라에게로 걸어갔다. 녀석은 고대 유물을 감상하기라도 하듯, 여전히 일라이의 얼굴을 찬찬히 뜯어보고 있었다.

"클라라?"

"···누구세요?"

근래 들어 바율이 자주 들어 보지 못한 질문이었다. 어딜 가든 알아보는 사람이 많아 곤란했던 적은 있어도, 누구냐는 물음은 오히려 생소했다.

클라라라고 정령사인 바율에 대해 전혀 모르는 것은 아니었다. 다만 그의 존재만을 인지할 뿐, 생김새까지는 알 도리가 없었다.

"나는 바율이라고 해. 네 오빠인 에이단과는······."

"설마 정령사 오빠?"

"응, 부끄럽지만 내가 맞아."

"와아! 멋진 오빠가 여기 또 있었구나! 나 정령사 처음 봐요!"

소문만 무성하던 정령사를 만났다는 것에 클라라의 관심은 단박에 돌아섰다. 어린 꼬마에게도 자연을 제어하는 정령사라는 게 대단하게 느껴지기는 한 모양이었다.

"작은오빠한테서 들은 적 있어요! 정령이 네 마리나 있다면서요? 저도 그 정령들 볼 수 있어요?"

네 마리가 아니라 네 명이었지만, 바율은 현재 그런 걸 정정하는 것보다 더 급한 일이 있었다.

"볼 수 있지. 그런데 말이야. 그 전에 그 목걸이, 혹시 내가 한번 만져 볼 수 있을까?"

"…이 목걸이를요?"

방금까지 호기심에 눈을 반짝이던 클라라가 한 걸음 뒤로 물러서며 경계 태세를 취했다. 그 태도로 미루어 보아 아마도 녀석의 목걸이를 노린 이가 바율이 처음은 아닌 듯했다.

그럴 만도 한 게, 가까이에서 본 목걸이는 온통 보석으로 이루어져 있었다. 손잡이 부분은 물론, 열쇠 구멍에 꽂히는 부위까지 투명한 다이아몬드가 빼곡하게 박혀 그 영롱함을 자랑했다.

손잡이 중앙에는 포인트로 제법 커다란 호박색 알이 자리 잡고 있었다. 잘은 몰라도 그 역시 값어치 높은 광물임이 분명했다.

"바율, 무슨 일이야?"

근심 어린 표정으로 동생을 바라보고 있던 에이단이 흘

을 털어 내며 일어섰다. 바율이 아무런 이유도 없이 다짜고 짜 목걸이를 보여 달라고 할 성격이 아님을 녀석도 아는 탓 이다.

"그게…… 말이야."

바율은 바로 대꾸하지 못하고 잠시 망설였다. 그가 정령 사라는 건 이제 세상 사람이 다 아는 사실이지만, 그런데도 펜던트에 대한 말은 어쩐지 선뜻 꺼내기가 어려웠다.

"으엑?"

그때, 별안간 클라라가 요상한 신음을 터뜨렸다. 아닌 게 아니라 녀석의 목걸이가 갑자기 저절로 움직였기 때문이 다.

그 누구도 손대지 않았건만, 목걸이는 스스로 공중으로 쓱 떠오르더니 이내 클라라의 목에서 벗어났다. 그러곤 주 변을 살피는 것처럼 한 바퀴 빙 돌더니 허공을 길 삼아 바 율을 향해 유유히 날아갔다. 매우 느리지도, 그렇다고 빠르 지도 않은 속도였다.

마침내 바율의 가슴 앞까지 다가온 목걸이가 잠시 숨을 고르듯 정지했다. 그러나 그건 말 그대로 아주 잠깐이었다.

이윽고 열쇠는 바율의 물방울 펜던트 아래에 난 작은 구 멍에 제 몸을 쏙 집어넣었다.

이어 딸깍, 하는 소리와 함께 열쇠가 빙그르 돌아갔다.

쏴아아아.

해가 쨍쨍하던 하늘에서 난데없이 비가 쏟아졌다. 심지어 한 치 앞도 볼 수 없을 정도로 엄청난 폭우였다. 정원의 나무들이 거센 빗줄기에 이리저리 흔들렸고, 흙바닥은 금세 진창이 되었다.

"라라!"

에이단은 우선 제 동생부터 챙겼다. 갑작스럽게 퍼붓는 비는 조금 전 보았던 기이한 장면을 순간이나마 잊게 하기에 충분했다.

"세드릭!"

"론!"

다른 녀석들도 각자 어린 동생들의 손을 잡고 근처의 가장 큰 나무 밑으로 몸을 피했다.

여름을 맞이한 황도의 날씨는 분명 찌는 듯한 무더위가 기승을 부렸건만, 뜬금없는 소낙비가 내린 지금은 냉탕에라도 들어온 듯 차디찬 한기가 몰아닥쳤다.

그 한복판에 바율이 서 있었다. 그는 재빨리 피신한 친구들과 달리, 고개를 한껏 뒤로 젖힌 채 쏟아지는 빗물을 온몸으로 맞아 가며 어딘가를 바라보고 있었다.

그리고 그건 퀸도 마찬가지였다. 아무리 인어족이 물과 친근한 일족이라지만, 세차게 내리는 장대비 아래에서 미동조차 없이 고스란히 비를 맞고 있는 모습은 도무지 정상처럼 보이지 않았다.

"바율 형!"

"퀸!"

그런 둘이 걱정이 되었는지 라피트와 에이단이 고함을 질렀다. 빗소리가 워낙 큰 까닭에 그리 외치지 않으면 묻혀 버리기에 십상이었다.

"쉿."

"가만히 있어 봐."

그때, 일라이와 라나사가 조용히 하라는 듯 손을 들었다. 로건 역시 검지를 입으로 가져가며 잠자코 있으라는 신호를 보냈다. 그런 그의 한쪽 손에는 기드온이 들려 있었다.

손잡이에 검은 표범이 새겨진 초승달 모양의 단도. 기드온이 은은한 빛을 발하며 무언가에 반응하고 있었다.

그리고 언제부터였을까.

클라라가 보고 싶어 하던 사대 정령이 제각각 바율을 중심으로 허공에 떠 있었다.

거센 빗줄기 탓에 나무 밑에선 겨우 형체만을 볼 수 있었지만, 만일 비가 아니었다면 그들이 어딘가 평소와 다르다는 걸 눈치채고도 남았으리라.

사대 정령은 흡사 왕이라도 맞이하듯 공손한 자태였다.

원래 차분한 성격의 셰임과 바율을 깍듯이 대하던 스피넬은 본디 그렇다 치더라도, 이노센트와 템페스타에겐 퍽 어울리지 않는 모습이었다.

특히나 이노센트는 그녀답지 않게 긴장한 기색마저 엿보였다. 바율이 저 때문에 화가 났을 때를 제외하고는 긴장이라곤 해 본 적도 없는 녀석이거늘, 지금은 꼭 어른에게 꾸지람을 듣기 직전의 아이처럼 초조한 얼굴이었다.

쏴아아아.

폭우는 갈수록 심해져만 갔다. 이러다 홍수가 터져 황궁 전체가 물에 잠기는 것은 아닐까 염려가 될 정도였다.

그러나 그 우려를 비웃기라도 하듯 일순간 빗물이 급격히 잦아들더니, 방금까지 거칠었던 기세가 거짓말처럼 사라지며 가랑비 수준에 머물렀다.

그리고 바율과 퀸이 뚫어질 듯 응시하던 어느 한 지점. 그곳에서 물빛을 머금은 새 한 마리가 커다란 날개를 펄럭이며 등장했다.

독수리였다. 한데 묘하게도 가까워질수록 사람으로 보이기도 했다.

물의 정령인 이노센트를 꼭 닮은, 전신이 푸른빛으로 반짝이는 아리따운 여인.

바율의 어머니이자 란데르트 공작의 아내인 물의 상급

정령, 이베트였다.

"어머니……!"

근 일 년 만에 다시 만나게 된 어머니였다. 바율은 이전처럼 어머니가 맞느냐는 멍청한 질문은 하지 않았다.

이젠 그냥 느껴졌다. 어떤 모습으로 나타나시든, 본능적으로 알아차릴 수 있었다.

자신을 감싸는, 서늘하면서도 따뜻한 기운. 포근하고도 청아한 향기. 모두 오로지 어머니에게서만 느낄 수 있는 감각들이었다.

"바율……."

이베트는 감격에 벅찬 표정을 한 채 다시 만난 아들 앞에 섰다.

그녀는 지금 이 상황이 도저히 믿기지가 않았다.

정령계가 복원되기 전까지 다신 인간계에 오지 못할 거라 생각했다. 당연히 바율과 바세리스도 그때까지는 마주할 수 없으리라 여겼고.

한데, 별안간 그녀가 머무는 곳으로 엄청난 물의 기운이 해일처럼 밀어닥쳤다. 정령계가 멸망하기 전에나 느껴 보던 세기였다.

그 힘은 약해져 가던 그녀를 일깨워 주었고, 자연스레 이곳으로 인도했다.

"통로가…… 다시 열린 거 맞죠?"

"그런 것 같구나."

바율의 두 뺨을 이베트가 조심스레 감쌌다. 너무 큰 짐을 지워 준 것 같아 언제나 미안한 마음만 갖게 하는 아들이었다.

그랬던 녀석이 이렇게 잘 자란 걸로도 모자라, 늘 그녀의 기대보다도 한발 앞서 나가고 있었다.

"열쇠를 얻은 거니?"

이베트의 시선이 펜던트에 꽂힌 열쇠에 가 닿았다.

"네, 어머니. 아직 본래 주인에게 허락은 받지 못했지만요."

제멋대로 움직여서 사태를 이리 만든 건 모두 이 열쇠였다.

"혹시 이것도 태고의 신물인가요?"

"그렇단다. 우린 세계의 문이라고 불렀었지."

"세계의 문이요?"

"어디든 갈 수 있게 해 주거든."

"…설마 그 어디라는 게, 마계나 천계까지 포함되는 건가요?"

놀라는 아들에게 이베트는 긍정의 미소를 지으며 답했다.

"세계의 문이 네 펜던트에 꼭 들어맞는 건, 정령계와 인간계가 그만큼 밀접한 연관이 있기 때문이란다. 두 세계는 공존하지 않으면 안 되니까. 정령계와 인간계는 서로를 도와야만 진정한 안정을 찾을 수 있는 관계란다."

저 열쇠를 찾기 위해 부단히도 애를 썼던 과거가 떠오르자 이베트는 잠시 씁쓸해졌다. 그러나 이내 그 귀중한 물건이 제 아들에게 있다는 사실에 가슴을 쓸어내리며 안도했다.

거기에 바율의 귀에 달린 붉은색 귀걸이. 그걸 보는 이베트의 눈빛에는 자랑스러워하는 기색이 역력했다.

"망각의 기쁨까지 얻었구나."

"네, 어머니. 어쩌다 보니 그리되었습니다."

정령에 대한 인간들의 애정을 질투한 나머지, 정령계를 멸망시킨 천족. 그리고 그것을 묵과했던 주신. 그들과 대적하기 위해선 열두 개의 태고의 신물이 필요했다.

세계의 문을 포함하면 바율 일행에게는 이제 총 아홉 개가 모인 셈이었다. 남은 세 개는 어디 사는 누구의 손에 있으려나.

막상 어머니를 보고 있으려니 바율은 도리어 조급함이 밀려왔다. 어머니를 뵙고 기쁜 마음이야 이루 말로 다 할 수 없지만, 오히려 그런 한편 가슴 한쪽이 묵직해지는 것도 사실이었다.

"그러고 보니 몸은 좀 어떠세요? 바일을 구하려다 무리하셨다고 들었습니다."

"난 괜찮다. 봐, 지금도 이렇게 멀쩡하게 네 앞에 있지 않니."

"형을…… 바일을 살려 주셔서 감사합니다, 어머니."

부모가 자식을 살리는 건 일견 당연한 일처럼 생각되기 쉬웠다. 그러나 바율은 꼭 감사 인사를 전하고 싶었다. 제 입으로, 직접.

정령계로 소환되어서까지 자신과 형을 잊지 않고 지켜 주신 어머니의 사랑이 새삼 위대하게 느껴졌다.

"바일도 같이 왔으면 좋았을 텐데, 일이 많아져 바쁜 모양이더구나."

이제 막 생겨난 세계수는 그 뿌리와 가지를 세상 곳곳으로 한창 뻗어 내는 중이었다.

꼭 그뿐이 아니더라도, 바일은 정령계에 머물면서도 완전한 정령이라고는 할 수 없는 미묘한 개체였다. 때문에 통로가 열렸다고 해도 무턱대고 드나들 수는 없는 입장이었다. 아마도 정령계가 완벽히 복원되고 나면 가능하지 않을까, 하고 이베트는 홀로 추측했다.

"그보다, 이 아이들이 새로운 사대 정령인 거니?"

어느덧 사대 정령이 바율의 뒤에 시립해 있었다. 그가 돌아보자 녀석들이 기다렸다는 듯 이베트에게 예를 올렸다.

"이쪽부터 이노센트, 템페스타, 셰임, 스피넬이라고 해요."

바율은 어머니에게 정령들을 소개하는 이 순간이 마치 현실 같지 않아 묘한 기분이 들었다.

이런 날이 올 거라곤 생각도 하지 못했거니와, 따지고 보면 어머니와 녀석들은 모든 세상을 통틀어 유일한 정령들이었다.

정령계가 멸망한 이후로 새롭게 태어난 이들과 겨우 살아남은 마지막 정령 간의 만남인 것이다.

사대 정령은 여태껏 누구에게도 보여 준 적 없는 극진한 태도를 취하고 있었다. 이베트 또한 자식을 대하듯 줄곧 자애로운 눈길로 녀석들을 바라보았다.

그때 돌연 또랑또랑한 말소리가 끼어들었다.

"와, 언니가 정령사 오빠 엄마예요?"

말로만 듣던 바율의 어머니를 실제로 마주한 친구들은 이게 꿈인지 생시인지 약간 멍한 상태였다.

그들은 그녀가 물의 정령이고, 정령계에 머물고 있다는 것을 익히 아는 터라 직접 보면서도 당최 납득이 안 가는 눈치였다.

하지만 인생을 이제 고작 칠 년밖에 겪어 보지 못한 클라라는 달랐다.

예쁜 거에 몹시도 취약한 녀석 앞에, 이베트는 신비스럽기 그지없는 모습으로 나타났다. 덕분에 그야말로 순식간에 클라라의 온 마음을 앗아 갔다.

바로 코앞에 자신이 그토록 보고 싶었던 사대 정령이 있었지만, 본래 녀석은 한 번에 한 가지 생각밖에는 하지 못했다. 겨우 일곱 살인 녀석에겐 집중력에 한계가 있기 마련이었다.

홀린 듯이 걸어온 클라라가 물었다.

"언니는 이름이 뭐예요? 혹시 천사세요? 왜 하늘에서 막 날아왔어요? 좀 전에 날개도 본 것 같은데⋯⋯."

깜찍한 얼굴로 고개를 갸웃갸웃하며 질문을 늘어놓는 녀석의 행동에 이베트는 웃지 않을 수 없었다.

"내 이름은 이베트라고 한단다."

"이베트⋯⋯ 아, 저는 클라라라고 해요! 줄여서 라라라고 부르셔도 되고요!"

"그러니? 라라, 참 예쁜 이름이구나."

"정령사 오빠가 가져간 열쇠, 사실은 제 거예요. 제 목걸이거든요. 근데 저도 저게 저절로 움직인 건 처음 봤어요. 그러고 보니 정령사 오빠 목걸이랑 합쳐지고 언니가 나타났어요! 제 목걸이 덕분인가 봐요. 헤헤."

어리다고 얕본 것은 아니었으나, 클라라가 아무렇지도 않게 관계성을 짚어 내자 바율은 내심 깜짝 놀랐다. 그러면서 다른 한편으론 열쇠를 녀석에게서 어떻게 받아 낼지 문득 근심이 서렸다.

"……!"

그때였다.

대기에 또다시 갑작스러운 변화가 생긴 것은.

무시무시한 공기의 흐름이 멀리서부터 느껴졌다. 엄청난 속도로 다가오는 그 기운에 바율과 이베트의 신형이 동시에 움찔거렸다.

그리고 조금 늦긴 했지만, 친구들도 이내 무언가를 감지했다.

처음엔 지진이라도 난 줄 알았다. 땅은 조금도 흔들리지 않았지만, 그만큼 대기가 크게 요동치고 있었기 때문이다.

마침내 그 진동의 원인이 모습을 드러냈을 땐, 모두가 약속이라도 한 듯 고개를 주억이며 수긍했다.

"…이베트?"

무성하게 자란 수풀 속에서, 믿기 어렵다는 표정을 한 채 한 걸음씩 걸어오는 은발의 사내.

조금 전까지만 해도 내궁에서 프리실라 황태후와 사담을

나누고 있던 란데르트 공작이 일행 앞에 나타났다. 하늘에선 여전히 부슬부슬 비가 내리고 있었지만, 어째선지 그의 몸은 전혀 젖지 않았다.

"바세리스……!"

이베트의 파란 눈이 커다래졌다.

단 한 번도 잊은 적 없는 아내의 목소리였다. 번개가 척추를 관통하듯 란데르트 공작의 몸이 부르르 떨렸다. 그런 그의 두 눈은 깊이를 알 수 없을 정도로 세차게 일렁거렸다.

하나 그것은 아주 찰나였다. 공작은 그 어느 때보다 빠르게 아내를 향해 달려갔다.

Chapter 8.
격한 해후

1.

아내와 마주 선 란데르트 공작은 잠시 숨을 크게 골랐다. 그는 지금이 현실이라는 걸 도무지 믿을 수가 없었다.

"어떻게…… 어떻게 그대가……."

공작의 다문 잇새로 신음과도 같은 음성이 새어 나왔다.

건강을 회복한 프리실라 황태후와 오랜만에 즐거운 시간을 보내고 있던 공작은 갑자기 황궁을 덮친 무시무시한 기운에 순간 전쟁이라도 터진 줄 알았다.

하지만 이내 그 속에서 이베트의 기운을 읽었다. 그리고 이곳을 향해 미친 듯이 달려온 것이다.

얼마나 많은 생각을 하였는지 모른다. 괜한 기대일 거라며, 설마 아닐 거라며 오는 내내 몇 번이고 스스로를 다독였다.

올해로 바율의 나이가 열여덟이었다.

쌍둥이를 낳자마자 정령계로 소환되었으니, 장장 18년 만의 만남인 셈이다.

이베트는 란데르트 공작이 평생을 유일하게 사랑했던 여인이었다. 그녀 덕분에 새로운 세상을 알았고, 또 그녀를 잃음으로써 미칠 듯한 절망감을 맛보기도 했었다.

바율에게서 이베트가 살아 있다는 소식을 처음 들었을 땐 무어라 표현할 수 없을 정도로 격한 감정에 휩싸였었다.

그녀와의 재회를 꿈꾼 것은 그때부터였다. 이전에도 막연하게 바라 온 희망이긴 했지만, 진실을 안 이후로는 좀 더 간절하게 이 순간이 오기만을 기다렸었다.

그런데 그토록 갈망하던 장면이 막상 닥치자 공작은 마치 최면에라도 걸린 사람처럼 꼼짝할 수가 없었다. 손을 대면 행여나 신기루가 되어 사라지는 것은 아닐까 두려워 차마 그녀를 안지도 못했다.

생각해 보면 이베트 앞에서는 매번 한심한 머저리가 되고는 했었다. 사소한 것 하나도 제 마음대로 할 수가 없어 곤란한 상황에 자주 맞닥뜨렸다.

18년이란 세월이 흘렀지만 여전했다. 세상의 움직임 따위는 눈에 들어오지 않았다. 오로지 그녀만이 그의 세계에 존재하는 전부였다.

이베트는 여전히 아름다웠다.

비는 가늘게나마 꾸준히 내리고 있었건만, 그녀 역시 빗물에 젖은 기색이라곤 보이지 않았다.

그저 청량한 기운이 넘실거렸고, 공작이 좋아하던 특유의 향기가 온통 그녀를 감싸고 있었다.

무엇보다 그를 오롯이 담고 있는 푸른 빛깔의 눈동자. 언제나 저를 안달 나게 하던 그녀의 기름한 두 눈에 자신의 얼굴이 비쳤다.

그것이 공작의 가슴을 다시금 뛰게 하였다. 이베트가 저를 보고 있다는 사실만으로 그는 그간의 모든 시간을 보상받는 듯한 기분이었다.

타다닥. 타다닥.

이전과 똑같은 모습으로 서로를 마주한 부부는 약속이라도 한 듯, 한참이나 말없이 상대를 보고만 있었다. 성기게 내리는 빗소리만이 꽤 긴 시간 그들 주위를 수놓았다.

"바세리스……."

기나긴 침묵을 깬 건 이베트였다. 그녀의 손이 먼저 공작의 뺨에 와 닿았다.

제 이름을 부르는 것을 유일하게 허락했던 연인의 손길

에, 공작은 이제껏 참고 있던 그리움의 빗장이 순식간에 열렸다.

지난날 그녀와의 첫 만남부터 헤어지던 날까지의 모든 기억이 공작을 잠식하면서, 그가 마침내 아내를 당겨 안았다.

두근두근. 심장이 무섭도록 용솟음쳤다.

재회의 기쁨.

이제야 만난 것에 대한 아쉬움.

설레었던 연애 시절.

공작은 흡사 이제 막 사춘기에 들어선 소년처럼 뒤죽박죽 떠오르는 감정 때문에 제대로 된 사고를 할 수가 없을 지경이었다.

"이베트……!"

입술과 입술이 맞닿은 건 당연한 수순이었다. 부부의 포옹은 이내 깊은 입맞춤으로 이어졌고, 그것은 마치 한 폭의 그림처럼 아름다운 모습으로 일행에게 비쳤다.

그간의 서러움과 외로움 등이 한꺼번에 몰아닥친 듯, 공작과 이베트는 서로에게서 오래도록 떨어지지 않았다. 타액과 눈물, 빗물이 한데 엉켜 뒤섞이며 어느 게 어느 것인지 분간하기조차 어려웠다.

"라라."

"세드릭."

"론."

참으로 감동적인 장면이었지만, 그와 별개로 어린 동생들의 눈은 단속할 필요가 있었다. 잠시 얼이 빠진 채 공작과 이베트를 지켜보던 친구들이 서둘러 손바닥으로 녀석들의 눈을 가렸다.

"우 씨, 왜 그래!"

"나도 볼 거야!"

"누님, 이 손 좀 치워 주십시오."

물론 클라라와 에프론의 귀여운 반항도, 세드릭의 점잖은 요청도 모두 가볍게 묵살 당했다. 애초에 녀석들의 가녀린 힘으로 제 누나와 오빠를 이기기란 요원했다.

그런데 언제부터였을까.

아버지와 어머니의 감격스러운 해후를 바라보며 눈시울을 붉히던 바율은 어느 순간 주변의 분위기가 달라졌음을 인지했다.

온 신경이 두 분에게 가 있었던 터라 미처 지각하지 못했다. 잠깐 사이에 만월 기사단이 근방을 빽빽하게 에워싸고 있던 것이다.

바율과 친구들도 자각한 이상 기운을 만월 기사단이 감지하지 못했을 리 없었다. 더욱이 좀처럼 흥분하는 법이 없는 주군이 이성을 잃은 채 달려가는 광경을 대다수가 목격하기까지 했다.

현존하는 가장 강력한 사내이긴 하나, 란데르트 공작은 만월 기사단의 단장이자 그들의 수장이었다. 공작을 호위하기 위한 기사단의 재빠른 움직임은 당연히 귀족들의 관심을 끌었고, 이는 곧 황궁 전체를 소란스럽게 만든 주범이 되고야 말았다.

만월 기사단을 따라 많은 귀족이 정원에 발을 디뎠다. 다행인 건 부슬비라고는 하나 곱게 차려입은 예복을 망칠 수 없었던 귀족들은 아주 가까이 다가오지는 못했다. 겨우 근처 나무 밑에 자리를 잡은 이들 또한 기사단의 삼엄한 경비 태세에 제대로 뭔가를 볼 수조차 없었다.

"사다드 선배……."

몰려든 이들 중엔 드레스 차림의 헤이즈도 있었다. 오늘 하루만큼은 린데만 황태자와 함께 완벽한 휴가를 보내라 공작에게 명 받은 그녀가 어느덧 홀로 이언과 사다드 곁에 와 있었다.

그녀가 공작과 이베트에게서 눈을 떼지 못한 채 사다드에게 조심스레 물었다.

"혹시 저분이……."

"맞아. 공작 부인이셔."

선배들에게 무수한 얘기를 들었을 뿐, 헤이즈는 이베트를 실제로 본 적이 없었다. 한데 직접 그 실물을 마주해 보니, 자신의 주군이 어째서 그녀에게 빠졌는지 첫눈에 알 것 같았다.

"이렇게 갑자기 나타나실 줄은 몰랐는데."

제 주군에겐 마땅히 잘된 일이지만, 이곳은 해밀턴이 아닌 황궁이었다. 그것도 황녀 탄신을 맞이하여 평소보다 많은 이들이 입궁한 상태였다.

사람들에게 공작 부인은 죽은 사람으로 알려져 있었다. 한데 그랬던 부인이 느닷없이 살아 돌아왔으며, 실은 인간이 아니라 정령이었다는 사실이 밝혀지면 그 파문은 가히 만만치 않으리라.

우선은 작금의 상황을 정리하는 것이 최우선이었다. 훗날에 어찌 되든, 지금으로선 그 일이 가장 시급했기에 사다드는 즉시 만월 기사단 전원에게 특급 경보를 내렸다.

그러자 안 그래도 접근하는 무리를 막아 내던 만월 기사단이 더욱 신속하고 빠르게 귀족들의 눈과 귀를 차단하기 시작했다.

"저도 도울게요."

사다드의 명은 바율에게도 들려왔다. 이유는 능히 짐작하고도 남았기에 녀석도 힘을 보탰다. 그가 시선을 하늘로 들자 빗줄기가 다시금 굵게 변하며 사람들의 시야를 어지럽혔다.

"아그니스."

그리고 그때 이베트에게 반가운 손님이 찾아왔다. 입궁한 이후로 내내 음식 탐방만 하고 지냈던 마황과 데스가 드디어 행차한 것이다.

"…크루델리스 님?"

덕분에 란데르트 공작과 이베트가 서로에게서 처음으로 떨어졌다. 마황을 인간계에서 만나게 될 거라곤 생각지도 못했기에 이베트의 눈에는 놀라운 기색이 어렸다.

반면 아내와의 시간을 방해받았다 여겼는지 란데르트 공작의 표정은 그리 좋지 못했다. 그는 언짢은 눈빛으로 두 마족을 쳐다보며 이베트의 어깨를 감싸 안았다.

"이게 대체 얼마 만이야? 소식을 듣긴 했지만, 이렇게 빨리 만나게 될 줄은 몰랐는걸."

"세계의 문 덕분입니다."

이베트가 여전히 열쇠가 꽂혀 있는 바율의 펜던트를 응시하자, 크루델리스가 안다는 양 고개를 끄덕거렸다.

"그런 것 같더군."

어디서 저걸 구했는지는 모르겠다만, 통로가 열렸을 즘엔 이미 마황과 데스 역시 강한 기운을 느끼고 있었다.

"그보다, 널 보면 묻고 싶은 게 있었어. 장소를 조금 옮겨야 할 것 같은데, 앞으로 이곳에 머물 수 있는 시간이 얼마나 남았지?"

"머물 수 있는 시간이라니? 그게 무슨 뜻이지?"

이베트가 답하기도 전에 공작이 먼저 끼어들었다.

이제 막 그녀와 재회하였는데, 이게 무슨 소리인가 싶었다.

"몰랐나? 아그니스가 이곳에 있을 수 있는 시간은 한정적이야. 세계를 넘나드는 문이 오랜 시간 열려 있으면 문제가 생길 위험률이 높아지거든."

"이베트……."

"어머니……."

공작과 바율은 거의 동시에 이베트를 불렀다. 부자의 눈은 벌써부터 헤어짐을 예상한 듯 불안하게 흔들리고 있었다.

"바세리스, 너무 염려 마세요. 바율, 너도 걱정하지 말렴."

이베트는 일단 남편과 아들을 안심시킨 뒤 마황을 살짝 흘겨보았다.

"크루델리스 님은 어쩜 그렇게 하나도 안 변하셨습니까. 그런 식으로 말씀하시면 오해하잖아요."

"무슨 오해? 난 그저 있는 사실을 말했을 뿐인데?"

마황은 오히려 황당하다는 듯 대꾸했다. 이베트는 작게 한숨을 내쉬고는 공작과 바율을 향해 말했다.

"세계의 문에 관한 건 크루델리스 님이 말씀하신 대로예요. 하지만 당장 문이 닫히는 것도 아니니 염려할 필요는 없단다."

"그럼 언제 닫히는데요?"

"글쎄. 한 사흘쯤?"

"사흘이요?"

"그렇게나 빨리?"

바로 헤어지지 않아도 된다는 데 안도하기도 잠시였다. 사흘이란 소리에 바율은 울 것 같은 표정을 지었고, 공작의 낯빛은 대번에 어두워졌다.

하지만 이베트가 덧붙인 한마디에 부자는 아쉬운 티를 낼 수 없었다.

"바일을 혼자 둘 순 없잖아요. 사흘만 있다가 돌아갈게요."

잠시 바일을 잊고 있었다는 죄책감에 바율은 얼굴을 들 수가 없었다. 사흘은 매우 짧았지만, 그래도 추억을 쌓기에는 모자람 없는 시간이기도 했다.

"랑트로 돌아가자꾸나."

"네, 아버지."

공작의 빠른 판단에 바율은 바로 찬성했다. 그곳엔 형의 세계수가 있었다.

세계수가 곧 바일이라 하지 않았던가.

이번에야말로 네 가족이 처음으로 한자리에 모이는 순간이 될 것이다.

"만월 기사단은 지금 즉시 랑트로 복귀한다. 이동은 그쪽에게 부탁하도록 하지."

황도에서 랑트까지는 기차를 타도 사흘은 족히 넘게 걸렸다. 그에 공작이 마황과 데스에게 공간 이동을 청하자 크루델리스가 어이없다는 듯 되물었다.

"그게 부탁하는 태도인가? 너무 뻣뻣한 것 같은데."

"데스."

"왜."

"리타 보고 싶지 않아요?"

리타는 바율의 여름 방학을 맞이해서 랑트에 가 있는 상태였다. 프리실라 황태후를 치료한 당사자는 사실 리타였지만, 세간에 알려진 건 데스였다. 해서 그녀는 황궁에 초대받지 못했다.

"리타가 어머니를 뵈면 무척 감동할 거예요."

바율은 거기에 무어라 더 말하지 않았다. 그 뒤는 데스의 상상에 맡긴다는 듯.

리타의 기분이 좋아지면 음식 맛이 더욱 풍성해진다는 것을 데스는 알고 있었다. 그가 눈치 없는 형을 대신해서 호기롭게 나섰다.

"지금 바로 출발하면 되는 거지? 간다!"

그렇게 해서 공작과 이베트, 바율과 친구들, 녀석의 동생들과 만월 기사단 전부가 얼떨결에 랑트로 단체 이동을 시작했다.

세차게 퍼붓던 비는 자연스럽게 잦아들었다. 그리고 몰려들었던 사람들 앞에 나타난 건 깨끗하게 빈 정원이었다. 방금까지 있던 이들이 전부 어디로 사라진 거냐며 다들 수군거렸지만, 그들이 알 방도는 없었다.

·

2.

"공작 전하께서 급하시긴 급하셨던 모양입니다. 아무런 대책도 없이 이렇게 무작정 오신 걸 보면요."

사다드가 미처 말릴 틈도 없었다. 데스에게서 흘러나온 검은 구름이 일행 전체를 감싼 건 순식간이었다. 그리고 눈을 한 번 깜박였더니 어느새 팔레즈 호텔의 옥상이었다.

데스는 거칠 것 없이 행동했다. 전에는 드래곤에게 들키지 않기 위해 최대한 마력 방출을 자제했던 반면, 지금은 완전히 달라졌다.

어차피 천계를 상대로 전쟁을 함께하기로 한 이상 같은 배를 탄 셈이나 마찬가지라며, 마력을 사용하는 데 더는 거리낌이 없어진 것이다.

이제 그의 마기를 느끼고 인간계로 쳐들어올 만큼 간 큰 드래곤이 존재하지 않는 것도 다행이라면 다행이었다. 여전히 리타의 음식을 마음껏 먹고자 하는 의지만이 그의 변함없는 특징이라 할 수 있었다.

"공작 전하께서 부인과 함께 계실 땐 늘 그러셨다고 하던데요? 한창 연애 중이실 때는 폐하께서 입궁하라 부르셔도 바쁘다는 핑계로 가지 않으셨다고 하고…… 아무튼, 선배들 얘기 들어보면 완전히 다른 분 같았어요."

"…너 아직 안 갔냐? 지금 여기 있어도 되는 거야?"

헤이즈의 드레스 차림을 새삼스럽다는 듯 바라보며 사다드가 인상을 찡그렸다.

오늘 그녀는 만인 앞에서 황태자와의 공개 연애를 선언했다. 응당 파티장에 남아 귀족들을 상대하고 있어야 할 녀석이 이곳에 있는 까닭은 전부 데스 때문이었다. 그가 근처에 있던 사람이란 사람은 가리지 않고 죄다 데려온 것이다.

"벌써 왔는데 그럼 어떡해요? 저 혼자 다시 기차라도 타고 가라고요?"

"황태자 전하께서 찾고 계실 텐데 그렇게라도 해야지. 아니면 데스한테 부탁이라도 해 보든가."

"그분이 제 부탁을 잘도 들어주겠네요."

그에겐 그쯤은 아무것도 아닐 게 분명하지만, 그렇다고 모든 이의 청을 순순히 들어줄 만큼 데스가 녹록한 인물도 아니었다.

"그럼 어쩌려고? 황태자 전하께서 너 찾겠다고 황궁을 뒤집어 놓으시면 그게 더 큰 문제가 될 거라는 거 몰라?"

"그래서 편지 쓰려고요."

"편지?"

"네. 어차피 곧 해밀턴으로 다시 돌아올 거였잖아요. 조금 일찍 온 셈 치죠, 뭐."

"어째 너는 아쉬운 기색이 하나도 없냐? 황태자 전하 좋아하는 거 맞아? 황후가 되고 싶은 야심 때문에 그런 척하는 거 아니야?"

"역시 선배는 사람 마음을 잘 꿰뚫어 보시는 것 같아요. 그럼 혹시, 이것도 아세요? 들킨 야망을 숨기기 위해 제가 곧 입단속에 나설 참인데. 밤길 조심하십시오. 언제 어디서 들짐승이 나타날지는 아무도 모릅니다."

"…넌 무슨 농담을 그렇게 살벌하게 받고 그러냐? 안 그래도 이 사태를 어찌 수습해야 하나 머리 아파 죽겠구먼."

사고를 친 건 단장님인데 왜 뒤처리는 자기가 해야 하는 거냐며 사다드가 연신 구시렁거렸다.

본래 그게 선배가 하는 일이에요, 라는 소리가 목구멍까지 올라왔지만, 헤이즈는 애써 말을 아꼈다.

"지금쯤 베르가라가 난리가 났을 텐데, 이걸 어떻게 뭐라고 설명하느냐고. 하아! 진짜 앞이 안 보인다, 안 보여!"

"사다드. 네가 정말 당황하긴 당황했나 보구나. 아주 간단한 방법도 떠올리지 못하는 걸 보니."

"간단한 방법이요? 그게 뭔데요?"

잠자코 자리를 지키고만 있던 이언이 입을 열자 사다드가 앉은 채로 그를 향해 몸을 바짝 당겼다.

"헤이즈, 너도 그래. 편지를 쓰면 그게 언제 도착하겠냐? 그때까지 황태자 전하께서 퍽이나 조용히 기다리시겠다."

"그러니까, 선배. 간단한 방법이란 거. 그게 뭐냐고요."

"템페스타. 녀석을 잘 구슬려 봐."

"…템페스타를요?"

"공간 이동이 아니고서야, 여기서 그 녀석보다 빠른 사람 있어?"

"없죠."

"여기 상황을 대충 서찰로 작성하고, 그걸 녀석에게 전해 주게끔 하란 뜻이야. 그럼 간단하잖아. 그렇게 하면 자연히 우리가 사라진 것도 템페스타가 한 일이겠거니 생각할 테고."

"오! 선배님, 천재신데요?"

"이럴 때만 꼭 선배 대접이지."

"근데…… 템페스타가 과연 그렇게 순순히 말을 들을까요? 제가 바율 도련님도 아닌데?"

바율에게 부탁하면 금방 끝날 문제이긴 했다. 하지만 지금의 그들로선 차마 그럴 수 없었다.

그도 그럴 것이, 팔레즈 호텔 옥상은 현재 전면 출입 금지 상태였기 때문이다.

란데르트 공작과 이베트, 그리고 바율과 바일 형제. 비록 바일은 세계수의 모습이긴 하나, 어찌 됐든 무려 18년 만에 처음으로 다 같이 모이게 된 가족이었다.

솔직한 심정으론 그 감격적인 장면을 직접 두 눈에 담고 싶었지만, 그건 주군에 대한 예의도 아니거니와 가족만의 시간을 방해하는 행위였다.

해서 랑트에 당도하자마자 공작의 가족을 제외한 모든 이들은 눈치껏 옥상에서 내려와야만 했다.

사다드가 골머리를 앓고 있는 이곳은 호텔 꼭대기에 위치한 바율의 집무실이었다.

"템페스타가 뭐에 약한지 몰라?"

"⋯아마도 칭찬이려나요?"

"정답. 네 말발 실력이면 몇 마디로 잘 구슬릴 수 있을 거야. 특히나 녀석은 레티아 황녀 전하를 무사히 구출한 일로 프리실라 황후 마마께 큰 환심을 샀지. 녀석을 볼 때마다 마마께서 손주라도 보듯 예뻐하시는 통에, 황궁을 아주 제집 드나들 듯 한다더군."

"그게 사실입니까? 아니, 선배는 그런 고급 정보가 있었으면 진즉 알려 주셨어야죠! 괜히 시간 낭비할 뻔했잖습니까."

"그래서 지금 이렇게 말하고 있잖아. 그리고 언제 얘기할 틈이나 줬냐, 네가?"

집무실에 들어서자마자 한숨만 내내 푹푹 내쉬던 게 누군데?

이언이 감히 하극상이라도 하느냐는 듯 눈을 부라리자 사다드가 바로 꼬리를 내리며 뒤로 물러났다.

"아니, 전 뭐 그냥⋯⋯ 공작 전하의 수행 기사로서 그런 것도 모르고 있었으니 자기반성의 시간을 좀 가져야겠다, 그런 의미지요."

"말이나 못하면."

"아무튼, 알겠습니다. 자세한 사항은 추후 공작 전하께서 알아서 전하시라고 하고, 일단은 제 선에서 적당히 둘러대야겠네요. 폐하와 황태자 전하를 혼란스럽게 둘 순 없으니까요."

결정을 내린 사다드는 책상으로 가 서둘러 깃펜을 잡고 무언가를 써 내려가기 시작했다. 그러다 문득 헤이즈를 향해 고개를 들었다.

"넌 안 써?"

"저도 써야 하나요? 선배가 대신 해명해 주는 거 아니었어요?"

"내가 대충 설명은 하겠지만, 그래도 당사자인 네가 설명하는 거랑 일개 기사일 뿐인 내가 하는 게 같겠냐? 너, 대체 그동안 연애는 어떻게 한 거냐? 나 갑자기 막 황태자 전하가 안쓰러워지려고 하는데."

"…선배가 그럴 말할 처지는 아닌 걸로 아는데요. 그렇지 않나요, 이언 선배?"

"그건 그렇지. 여태 연애라고는 책으로밖에 해 본 적 없는 녀석이 할 소리는 아니지."

"헐! 선배는 연애 소설 읽어 보고나 그런 말씀 하세요! 그게 얼마나 도움이 많이 되는 줄 아세요? 여자들이 어떤 남자를 좋아하는지 거기 다 쓰여 있다고요!"

"그런 녀석이 왜 연애 한 번을 못 한 건데? 난 그 점이 매우 의아스럽군."

"시간이 없잖아요, 시간이! 지금도, 보세요. 공작 전하께서 저를 이리 쉴 틈 없이 괴롭히시는데 제가 어떻게 연애를 합니까?"

"그 소설 볼 시간에 하면 되잖아요."

"……!"

허를 찌르는 헤이즈의 발언에 사다드는 잠시 움찔했지만, 애써 침착함을 유지하며 말을 돌렸다.

"그러는 이언 선배는, 연애해 보셨습니까? 어차피 선배나 저나 이번 생은 망한 것 같은데요."

"내가 왜? 나는 아니야."

부정하는 이언의 음성은 꽤 단호했다. 그에 사다드와 헤이즈의 눈이 동시에 커지자 그가 돌연 벌떡 몸을 일으켰다.

"밖이 시끄럽군. 나가 봐야겠어."

"아니, 말을 그렇게 툭 던지고 어딜 가요? 끝까지 얘길해 보세요. 사람 복장 터지게 하지 말고."

"그래요, 선배. 혹시…… 설마…… 선배, 연애하세요?"

"왜, 나는 연애하면 안 되나?"

"안 되긴요. 되죠! 그런데 누구랑요? 언제? 어디서? 대체 어떻게?"

"그러게. 우린 한 번도 본 적이 없는데?"

"난 너희의 연애사에 관심 없어."

그러니 너희도 관심을 끄라는 듯, 이언은 그대로 문을 열고 밖으로 나갔다. 사다드와 헤이즈는 세상에서 제일 재미없는 농담을 듣기라도 한 양 황당한 표정을 숨기지 못했다.

지금 자신들이 무슨 소리를 들은 건지 이해를 못 한 것 같기도 했다.

"근데, 밖이 시끄러워? 저거 괜히 그냥 민망해서 그러는 거지?"

랑트는 관광 도시였다. 작년 겨울부터 시작된 랑트의 인기는 여름이 와도 그 열기가 식을 줄 몰랐다.

겨울엔 뜨끈한 온천물로 관광객을 유치했다면, 여름엔 무더위가 저절로 사람들을 시원한 북부로 인도했다.

당연히 언제나 밖은 많은 인파로 북적거릴 수밖에 없다는 얘기다.

"꼭 그래서만은 아닌 것 같아요."

"아니야?"

헤이즈가 그렇다는 듯 고개를 끄덕이며 턱으로 벽 너머 어딘가를 가리켰다. 거긴 바율의 친구들이 일전에 묵었던 펜트하우스가 있는 쪽이었다. 그리고 지금은 그곳에 그들

뿐 아니라 동생들까지 와 있었다.

"아, 맞아. 해결할 게 하나 더 있었지."

일이 워낙에 우후죽순 격으로 벌어져 정신이 없던 탓에 미처 놓치고 있었다. 바율 도련님의 친구들이야 별달리 해명할 필요가 없다지만, 꼬맹이들은 아니었다.

언뜻 보긴 했으나 대마법사인 메켄지 후작의 손녀와 손자까지 있었다.

의도한 바는 절대 아니었다. 그러나 그렇다고 한들 보호자에게 허락도 받지 않고 데려왔으니, 미성년자 납치범이라고 오해하고도 남을 법한 상황이었다.

"시끄럽다는 게 저쪽이었어? 설마 어린애들이 엄마 보고 싶다고 울기라도 하는 거야?"

사다드는 듣지 못했지만, 만월 기사단 중에서도 특히 감각이 예민한 이언과 헤이즈라면 충분히 감지할 수 있는 거리였다.

"템페스타에게 부탁할 거리가 늘었군. 이왕이면 바율 도련님이 내려와 주시면 더 좋겠지만."

그럼 모든 게 한 방에 해결될 수 있으니 그야말로 사다드가 바라는 바였다.

"걱정 마세요. 울기는커녕 아주 신이 나 있으니까."

"…신이 났다고?"

"네. 해결사가 한 분 더 나타나셨거든요."

"해결사? 누구?"

"이사장님이요."

"이사장님이라면……!"

라예가르의 등장 소식에 사다드의 입가에 절로 호선이 그려졌다.

그는 드래곤 로드이자, 수천 년의 세월을 살아온 고룡이었다. 어쩌면 당면한 과제도 쉽게 해결해 줄 수 있을지 모른다.

일전의 사건 이후로 한없이 너그러운 풍모를 보여 주는 그이기에 사다드는 정녕 기대하는 바가 컸다.

Chapter 9.
태양의 심장

1.

"아빠!"

라예가르를 가장 반긴 건 일라이였다. 그가 문을 열고 들어서는 아버지를 보자마자 함박웃음을 지으며 조르르 뛰어나갔다.

"여긴 어쩐 일이야? 잔챙이들 때문에 바쁜 것 아니었어?"

"바빠도 우리 아들 얼굴은 보러 와야지."

"피, 내가 보고 싶었으면 더 일찍 왔어야 하는 거 아니야? 세계의 문 때문에 온 거 다 알거든?"

일라이가 혀를 샐쭉거리며 응석 부리자 라예가르의 큰

손이 녀석의 머리칼을 다정하게 쓰다듬었다.

"그럼 겸사겸사라고 하자꾸나. 물론 내게는 언제나 킬리안 네가 가장 중요하지만."

낯간지러운 발언을 하면서도 라예가르의 표정은 따스하기가 그지없었다. 얼마 전부터 심심찮게 목격하고는 있었지만, 초반에 아들을 지나치다 싶을 정도로 괴롭히던 모습이 너무 강렬해선지 이럴 때마다 손발이 오그라드는 듯한 느낌을 지울 수가 없었다.

하지만 일라이가 제 아버지라면 얼마나 끔찍하게 구는지 잘 아는 터라 다들 티를 내지 않기 위해 무진 애를 쓰는 중이었다.

"와! 이 아저씨도 사람 아닌 것 같은데!"

그때, 어느 틈엔가 다가온 클라라가 라예가르와 일라이를 번갈아 쳐다보며 탄성을 내질렀다.

"역시 미모는 유전인가 봐요! 아저씨를 보니까 이 오빠의 얼굴이 납득이 가요! 어떻게 이렇게 예쁘게 생기셨어요?"

"꼬마 숙녀께서 보는 눈이 있군. 근데, 누구?"

라예가르가 그제야 방의 전경을 둘러보았다. 처음엔 사람 수가 많다 싶은 게 전부였다. 한데 지금 다시 살피니 낯선 얼굴이 몇몇 보였다. 그가 아들과 친구들에게 설명을 요구하는 듯한 눈빛을 보냈다.

"휴우! 클라라라고 제 동생입니다."

에이단은 한숨을 내쉬며 클라라를 뒤에서 끌어당겼다. 예쁜 것만 보면 눈이 돌아가는 제 동생에게 이곳의 환경은 난감하다 못해 유해했다.

안 그래도 산만한 녀석이질 않은가.

애초에 이 녀석이 황궁에 온 것 자체가 문제였다.

"저쪽은?"

라예가르가 눈짓으로 젬마를 가리켰다. 소리 내어 묻지는 않았지만, 왜 저리 멍한 상태인지 궁금해하는 눈치였다.

에프론 역시 그런 제 누나의 곁에서 넋 놓은 표정으로 어깨를 축 늘어뜨리고 있었다.

"쟨 젬마라고, 나랑 같은 마법학부 1학년이야. 그 옆은 동생이고. 참고로 쟤네 할아버지가 9서클 대마법사야. 인간 세상에서 이거인 거지."

일라이가 라예가르만 들으라는 듯 엄지를 세우며 귓속말로 속닥거렸다.

대충 그림이 그려졌다.

세계의 문이 작동하고 얼마 되지 않아 돌연 강력한 마기가 인간계에 진동했다. 그리고 황궁 파티에 참석하고 있어야 할 아들 일행은 난데없이 랑트에 나타났다. 이 두 가지 상황으로 보았을 때 마력이 공간 이동에 쓰였음을 어렵지 않게 짐작할 수 있었다.

저 둘은 아마도 뜻하지 않게 휘말렸으리라. 대마법사를 할아버지로 두었으니 결코 마법에 무지하지 않을 터. 자기들이 체험한 일이 얼마나 말이 안 되는 행위인지를 알기에 얼이 나간 것이다.

"데스가 대충 마법진 그리는 시늉만 했어도 저렇게까지 되진 않았을걸? 그랬으면 사실 그도 대마법사라고 우길 수 있었잖아."

물론 젬마를 완전히 이해시키기엔 충분하지 않은 핑계였다. 그러기에 녀석은 꽤 똑똑한 편이니까.

하나 어려운 단어를 들먹이며 억지를 부리면 영 불가능한 일도 아니었다. 선배가 괜히 선배이겠는가.

"많이 놀랐지? 실은 데스가 마족이라서 그래. 그것도 고위 마족. 혹시 절망의 신이라고 들어 봤니? 아카데미에 신전도 하나 있는데. 그 음침한 신전의 주인이 바로 데스야."

이렇게 사실대로 말하는 것보다 외려 뛰어난 마법사라고 우기는 쪽이 더 설득력도 있었다. 젬마의 정신 건강을 위해서도 그편이 나았고.

그런데 마법진은커녕 의뭉스러운 검은 구름까지 잔뜩 보여 줬으니 이를 무어라 해명할 텐가.

"아무튼, 이놈의 마족들이 문제야. 내가 진짜 좋게 봐 주려고 해도 봐 줄 수가 없다니까."

정작 당사자인 데스는 일은 일대로 벌여 놓고 랑트에 오자마자 리타에게로 달려갔다. 그 무책임함에 일라이는 속으로나마 욕을 한 바가지 퍼부었다.

참고로 세드릭은 라나사가 자상하게 달래 준 덕에 일단은 어물쩍 넘어갔다. 하지만 분위기로 보아 녀석 또한 뭔가 이상하다는 걸 느낀 것 같았다.

개중에서도 단연 독보적인 존재감을 내보이는 건 클라라였다. 녀석은 일곱 살 어린애답다고 해야 할지, 아니면 아예 생각이 없다고 해야 할지, 갑자기 변한 환경에도 놀란 기색 하나 선보이지 않았다. 그저 자기가 그 유명한 랑트에 온 거냐며, 어서 나가 놀자고 떼를 쓰기 바빴을 뿐.

그러다 라예가르가 등장한 것이다. 그가 아니었다면 에이단은 지금쯤 필시 동생의 손에 끌려 반강제로 이리저리 쏘다니고 있었을 터였다.

"황금 아저씨! 아저씨 머리카락 한번 만져 봐도 돼요?"

금실처럼 늘어진 라예가르의 긴 머리칼을 클라라가 황홀하다는 듯 올려다보았다. 그러자 라예가르가 뭐라 답하기도 전에 에이단이 녀석을 황급히 막아섰다.

"라라, 어른에게 그런 말은 하는 게 아니야. 예의 바르게
굴어야지."

"나 예의 없었어?"

예의라는 단어에 트라우마라도 있는 양, 클라라가 대번
에 울상을 지었다. 에이단은 약해지려는 마음을 다잡으며
단호하게 말했다.

"응, 그것도 엄청! 무례한 사람은 작은오빠가 어떻게 된
다고 했지?"

"…나중에 다 돌려받는다고 그랬어."

"그럼 어떻게 해야 할까?"

작은오빠의 물음에 잠시 고민하던 클라라가 이내 라예가
르를 향해 공손하게 고개를 숙였다.

"죄송합니다. 잘못했어요. 다시는 안 그럴게요."

처음 보는 클라라의 고분고분한 모습에 친구들은 의외라
는 듯 눈빛을 교환했다. 지금 녀석을 보고 누가 황궁에서의
괄괄하던 꼬마 숙녀를 떠올릴 수 있겠는가.

하도 애지중지 여기기에 버릇없는 응석받이인 줄로만 알
았는데, 그건 아닌 모양이었다.

"착한 아이군."

그 점이 마음에 들었는지 라예가르가 클라라를 내려다보

며 방긋 웃었다.

"와."

그런 라예가르와 눈이 마주친 클라라는 저도 모르게 감탄사를 내뱉었다. 미래에 꼭 왕자님과 결혼을 하고 말겠다던 다짐이 무색해지는 순간이었다.

왕자님은 무슨, 그저 얼굴이 잘생긴 게 최고였다.

"저 아이들은 내가 해결할 테니 염려 놓아라. 지금은 더 중한 사안이 있거든."

라예가르는 자연스럽게 클라라에게서 등을 돌리며 화제를 전환했다.

"중한 사안이라니요?"

돌연 심각해진 그의 말투에 일라이와 친구들은 긴장하지 않을 수 없었다. 누군가 침을 꼴깍 삼키는 소리가 들려왔다.

"세계의 문이 열렸다. 나도 느낀 것을 그쪽에서 모를 리 없지."

"그쪽이라면……?"

로건이 젬마와 동생들의 눈치를 살피며 말끝을 흐리자 라예가르가 안심하라며 말을 이었다.

"들리지 않으니 걱정 마라."

이미 마법으로 소리를 차단했다는 의미였다. 같은 공간

내에서 이렇게 섬세하게 조절하는 건 결코 쉬운 일이 아니었다. 심지어 클라라와 세드릭은 각각 에이단과 라나사의 품에 있었다. 알고는 있었지만, 드래곤의 위대함을 새삼 자각하게 된다.

"이사장님 말씀은, 천계도 알았으니 이제 곧 그들이 움직일 거라는 뜻입니까?"

"그래. 세계의 문을 얻었다는 건, 천계로도 갈 수 있다는 의미인 거니까."

"호오. 그러니까 마음만 먹으면 당장이라도 천계로 쳐들어갈 수 있다, 그거죠?"

라나사의 거친 발언에 라예가르가 엄중히 경고했다.

"태고의 신물을 전부 얻기 전까지 섣불리 나서서는 안 될 것이다. 엘레오스 하나를 생포했다고 해서 주신을 너무 얕잡아 봐서는 안 돼."

주신.

그는 이름 그대로 이 세계를 만든, 세상의 주인이었다. 감히 그런 자를 상대로 벌이는 싸움이었다.

지나가는 사람 아무나 붙잡고 이 얘기를 한다면, 백이면 백 그들에게 미쳤다고 할 것이다.

여태껏 주신을 적으로 삼은 이들은 전대 정령왕들을 빼고는 아무도 없었다. 그리고 그들은 그 대가로 모든 것을 잃었다.

어쩌면 이번엔 정령계뿐 아니라 인간계와 마계까지 지워질 수도 있었다.

"주신을 누가 얕보겠습니까. 태고의 신물을 모으면 정말로 이길 수나 있는 건지, 그 자체도 의심스러운데."

"맞아. 주신이 직접 그런 걸 만들었다는 게 너무 어이없잖아. 죽고 싶으면 조용히 스스로 목숨을 끊든가."

"애초에 천족만 편애하는 것도 웃겨. 그게 무슨 주신이야? 차라리 내가 주신 하는 게 더 낫겠다!"

지난겨울, 천계의 만행을 알게 된 라피트가 낮은 욕설을 중얼거리며 주신을 비난했다.

"주신이 아닐 수도 있다."

그때, 별안간 라예가르가 툭 내뱉었다.

"…아빠?"

"주신이…… 아닐 수도 있다니요?"

"그게 무슨 뜻이에요?"

친구들은 당연히 어리둥절했다. 그런 한편으로는 그 말에 담긴 뜻을 어렴풋이나마 짐작했다. 그러자 자연스레 온몸에 소름이 쫙 끼쳤다.

"아직 확실치는 않다. 고서를 조금 더 뒤져 봐야 해."

"뭔가를 찾아내신 거군요?"

"전에 바울이 했던 말이 아무래도 걸려서 말이야."

"어쩌면 태고의 신물은 애초에 주신이 만든 게 아닐 수도 있을 거라는, 그거 말인가요?"

"그래. 그 말을 내내 곱씹고 곱씹다 가설을 하나 세웠지."

라예가르는 잠시 쉬었다가 이야기를 계속 이어 나갔다.

"혹시 주신 위에 또 다른 신이 있는 것은 아닐까?"

"…주신 위의 또 다른 신이요?"

그런 건 들어 본 적도, 생각해 본 적도 없었다.

주신 위에 더 높은 신이 있다면, 그 신은 대체 뭐라고 불러야 하지?

일순간 친구들의 머릿속에 떠오른 건 고작 그런 거였다.

"그래야 태고의 신물에 주신을 죽일 힘이 담긴 이유가 납득이 되니까."

"…그러니까 이사장님 말씀은 태고의 신물 자체가 주신이 만든 게 아니고…… 그가 엇나갈 상황을 대비한 더 높은 신이 만들어 놓은, 일종의 안배 같은 것이라는 건가요?"

"라나사는 역시 이해력이 빠르구나."

"잠깐만. 그럼 천계가 움직일 거란 말이, 혹시 태고의 신물을 찾으러 다닐 거라는 뜻인가요? 그게 다 모이면 주신이 죽을 수도 있으니까."

"헉! 그러네! 그놈들이 바율 거 뺏으려고 드는 거 아니 야?"

열두 개 중 아홉 개를 모았다. 이쪽은 나머지 전부를 모 아야 하지만, 반대로 저쪽은 한 개만 가져도 이기는 셈이었 다.

하필이면 세계의 문을 먼저 얻어서 천계의 관심을 끌게 된 것이다.

"그러니 나머지 세 개를 얼른 먼저 찾아야지."

"저희야 당연히 그러고 싶죠. 하지만 그게 어디 있는 줄 알고요?"

"인어국."

"…예?"

"세 개 중 두 개의 행방은 나도 모르지만, 하나는 분명히 인어국에 있다. 그러니 인어국으로 가라. 가서 태고의 신물 을 찾아."

라예가르가 오늘 온 결정적인 이유는 그것이었다.

"…진심으로 하시는 말씀입니까?"

겉으로 내색하진 않았지만 퀸은 라예가르를 마음 깊이 존경했다.

그는 자신을 되살리기 위해 태고의 신물인 대양의 눈을 기꺼이 내놓았다. 어디 그뿐인가. 친자식도 아닌 일라이를 드래곤 사회로부터 지켜 내기 위해 무려 천 년의 수명을 버렸다.

그리고 모든 오해가 풀린 지금은 훗날 자신 없이 홀로 남을 일라이를 위한 많은 것들을 준비하는 중이었다.

한없이 가볍게 여겨지던 그가 어느새 누구보다 신뢰 가는 존재로 거듭난 것이다.

하지만 퀸은 인어국의 왕자였다. 제 나라에 태고의 신물이 있었다면 왕세자로 태어나고 자란 그가 어찌 모를 수 있었겠는가. 아무리 라예가르의 말이라 할지라도 이번만큼은 쉬이 믿을 수 없었다.

"이사장님께서 뭔가 착각하고 계신 것 같은데요. 인어국에 태고의 신물이 하나 더 있었다면, 지금 이 대양의 눈처럼 이미 제 손에 있었을 겁니다."

퀸이 보란 듯 대양의 눈이 끼인 손가락을 들어 올렸다.

"네 입장에선 충분히 그리 생각할 수 있겠지. 한데, 한 번도 의심해 본 적 없었나?"

"…무엇을 말입니까?"

"인어국의 쇠망에 대해서."

"그거야 정령계가 멸망하면서 영향을 받았기 때문 아닙니까? 대양의 눈을 잃어버렸던 것도 크게 한몫했을 테고요."

다 아는 사실을 어째서 새삼스럽게 거론하는 건지 퀸은 언뜻 이해가 가질 않았다.

"처음에는 나도 그게 전부인 줄 알았지."

라예가르의 목소리가 한층 더 가라앉았다.

"그런데, 이번에 주신에 관한 조사를 하다가 뭔가 이상한 걸 발견했다. 일단 결과적으로 네 말처럼 정령계가 멸망함으로써 인어국도 함께 무너진 건 맞다. 물과 떼려야 뗄 수 없는 인어족에겐 당연한 결과일 수도 있겠지. 하지만 말이다. 그 속도가 빨라도 너무 빨랐어."

"…빨랐다고요?"

"인어국은 원래 매우 부강한 나라였다. 지금의 인간들은 모르겠지만, 물과 뭍을 자유자재로 오가는 인어족은 당시 인간들에게 부러움의 대상이자 경계해야 할 상대였지."

한때 퀸의 나라는 현재의 제국보다도 훨씬 막강한 국력을 자랑할 정도였다.

"그랬던 그들이, 너무나 쉽게 붕괴되었다. 아무리 정령들이 사라지고, 대양의 눈을 잃어버렸다 해도. 그토록 부흥했던 나라가 순식간에 몰락하고 말았지."

"…발견하셨다는 게 정확히 무엇입니까?"

퀸은 긴장된 시선으로 라예가르를 응시했다. 그의 얘기를 계속 듣고 있자니 급격히 수분이 부족해지는 느낌이었다.

"태양의 심장. 그 행방을 찾았다."

"태양의 심장?"

"혹시 그게 인어국에 있다는 태고의 신물 이름인가요?"

궁금한 기색을 표하는 친구들에게 라예가르가 고개를 끄덕이더니, 돌연 일라이를 지목했다.

"이 녀석처럼 아주 뜨거운 물건이지. 하필이면 신물이 그런 적절하지 못한 시기에 인어국으로 흘러 들어간 것이다. 물과는 완전히 반대되는 속성이니, 이후에 일이 어떻게 된 건지는 더 설명하지 않아도 알겠지."

불과 물.

그 두 원소가 상극 중의 상극이라는 건 누구나 아는 상식이었다.

정령계의 멸망. 잃어버린 대양의 눈. 거기에 무려 불의 힘이 담긴 태고의 신물까지 물의 나라나 다름없는 인어국을 침범했다. 사실을 알고 나니 오히려 이제껏 힘겹게나마 버틴 게 용하다고 해야 할 지경이었다.

"한마디로 그 태양의 심장이란 게 제 조국을 망하게 하는 데 일조했다, 그런 말씀이네요."

놀라움은 잠시였다. 퀸은 어느새 어처구니가 없다는 듯 헛웃음을 짓고 있었다. 그건 자기 자신을 향한 싸늘한 비소였다.

"제가 참 멍청했군요. 그런 것도 모른 채 대양의 눈만 찾으면 나라를 다시 살릴 수 있을 거라고 철석같이 믿었다니. 하긴, 인어족이라면 누구나 다 아는 전설조차 헛소리라고 치부하던 게 바로 저였으니까요. 바율이 그 주인공인지도 모른 채."

"바율이 전설의 주인공이라니?"

"그게 뭔 소리냐?"

느닷없는 전설 운운에 친구들의 눈이 동그래졌다.

"말라 가는 샘을 멈출 자, 다시금 샘을 넘치게 할 자, 왕국의 번영을 가져올 자. 꼬리 대신 두 다리가, 지느러미 대신 둥근 두 귀를 지닌 자에게서 그 처음이 있으리라."

퀸은 마치 주문처럼 인어국에 전해져 내려오는 전설을 읊었다.

"오래전, 우리나라엔 대예언자가 한 명 계셨어. 그분께서 죽기 전에 남기신 마지막 예언이 지금 내가 말한 내용이야."

"우와! 그 예언자란 분 엄청나시다! 방금 그거 완전 바율형 얘기잖아요! 미래에 정령사가 나타날 거란 걸 대체 그때 어떻게 아신 거지? 대박 신기하다!"

라피트는 손뼉까지 쳐 가며 감탄을 해 댔다.

"그런 예언자 또 어디 없나? 내 미래도 한번 봐 달라고

하고 싶구먼."

"있어. 그것도 아주 근거리에."

"예? 그게 누군데요? 설마 이사장님?"

고룡인 라예가르는 간혹 앞날을 예측하고는 했다. 하나 그는 전문적인 예언자는 아니었다.

"진짜로 네 앞날을 점쳐 보길 원해?"

"당연하죠! 아, 뭐야. 나 빼고 다 아나 봐! 그래서, 누군데요?"

에이단이 답은 않고 되묻기만 하자 라피트가 발을 동동 구르며 채근했다.

"아몬."

"…누구요?"

"아몬 몰라? 리타 옆에 맨날 찰싹 달라붙어 지내는데."

"그러니까 지금…… 그 마족님이 미래를 보는 예언자라고요? 형! 지금 저랑 장난하자는 거예요?"

라피트가 대뜸 소리를 꽥 질렀다.

"내 딴에는 친절하게 설명해 주고 있는데 왜 그래? 내가 거짓말이라도 하는 것 같냐?"

"그게 아니라! 마족이잖아요, 마족!"

"그래서 뭐?"

"미래를 알고 싶으면 대가를 지불하라고 할 텐데, 마족이 뭘 원하겠어요? 만약 제 영혼이라도 요구하면 어쩌냐고요!"

"헤에, 의외네. 너도 편견이란 걸 갖고 있긴 하구나."

에이단은 아카데미 내에서 또라이라고 불리는 라피트를 그저 사고방식이 조금 특이한 녀석이라고 생각해 왔다.

"아몬은 그딴 거 바라지도 않아."

"그럼 뭘 바라는데요?"

"애플파이."

"…예에?"

"아몬은 애플파이 하나만 주면 미래를 곧잘 봐 주더라고. 그렇지, 얘들아?"

당시 함께 있었던 일라이와 로건은 그렇다는 듯 고개를 끄덕였다. 그러자 라피트가 입을 쩍 벌린 채 차마 말을 잇지 못했다.

하지만 녀석은 표정으로 대신 말하고 있었다. 어떻게 고작 그런 거 하나로 미래를 알려 줄 수 있는 거냐고. 그게 정녕 말이 되는 소리냐고.

도저히 믿을 수 없다는 듯 부정하는 얼굴이었다.

맛있는 음식을 향한 마족들의 집념을 완전히 이해하지 못한 결과에서 비롯된 부작용이었다.

"라피트, 얘기 들었으면 이제 저리 좀 가 있어."

심각한 이야기를 하던 중이거늘 녀석 때문에 분위기가 흐려졌다. 로건이 반쯤 정신이 나간 동생을 뒤로 물리며 퀸에게 다가갔다.

그는 여전히 스스로를 자책하고 있었다.

"퀸. 네가 왕자로서 책임감이 강하다는 건 알고 있어. 하지만 인어국이 어려워진 건 네 탓이 아니야. 그러니 너 자신을 너무 몰아세우지 마."

"맞아. 지금도 충분히 잘하고 있잖아. 나라를 살려 보겠다고 자레드 놈에게 그 멸시를 당하면서도 버틴 게 바로 너라고."

"이제 원인을 알았으니, 해결할 방법만 강구하면 돼. 태양의 심장에 대해 몰랐던 건 너만이 아니잖아. 네가 신도 아닌데 어떻게 모든 걸 다 알겠어?"

친구들의 위로에도 퀸의 표정은 좀처럼 풀리지 않았다. 녀석들은 몰랐지만, 그런 그의 머릿속에선 수만 가지 잡념이 정처 없이 떠돌고 있었다.

망해 가는 조국.

피폐해진 국토.

가난에 굶주리는 백성들.

왕권은 추락하고 간신들만이 득세하는 세상.

이것이 현 인어국의 실태였다.

"아니, 따지고 보면 그 전설에 나오는 인간을 살린 게 퀸 너잖아. 네가 바율을 살려 낸 덕에 정령계를 다시 복원할 수 있게 된 거니까, 이거 완전 칭찬받아야 할 일 아니냐? 영웅 대접을 해 줘도 부족할 것 같은데?"

에이단이 동의를 구하는 눈빛으로 친구들을 일별했다. 퀸이 더 땅 파고 들어가기 전에 어서 뭐라도 한마디 거들라는 듯.

그 부름에 응답한 건 일라이였다.

"그러고 보니, 인어국에 가면 그거 먹을 수 있는 건가?"

"그거라니?"

"왜, 전에 이 녀석이 그랬잖아. 인어국에선 신년에 해초 케이크를 먹는다고. 이번에 가게 되면 우리도 그 이상한 거 맛볼 수 있는 있나?"

"…이상한 거?"

역시 예상대로였다. 일라이의 해초 케이크 비하 발언에 퀸의 짙은 눈썹이 꿈틀거렸다.

"해초가 들어간 케이크라니. 나는 도무지 상상이 안 간다. 라나사, 넌 모르지? 인어국에선 그런 걸 먹는대."

"그러니? 근데 상상하지 못할 건 또 뭐야."

"…뭐?"

"인어국이잖아. 인어가 사는 나라. 당연히 여기와는 많이 다르지 않겠니?"

라나사는 뭐가 문제냐는 듯 대꾸했다. 덕분에 까끄름하게 올라가던 퀸의 눈초리가 서서히 안정적으로 제자리를 찾았다.

"나는 솔직히 기대돼. 살면서 인어국에 가 볼 거라곤 생각도 못 했거든."

"그건 나도 마찬가지야. 게다가 거긴 아무 때나 갈 수도 없다고 들었어. 무슨 시기가 맞아야 한다고 부모님이 그러셨는데."

"무슨 걱정이냐? 우리야 퀸만 따라가면 되겠지. 설마 왕자가 돼서 자기 나라도 못 찾아가는 건 아니지?"

"라이, 너 아까부터 은근히 말투에 날이 서 있다? 인어국에 가기 싫은 거냐?"

에이단의 날카로운 지적에 일라이가 두통이 인다는 듯 관자놀이를 꾹꾹 눌렀다.

"…그게 아니라, 거긴 온통 물일 거 아니야. 내가 무슨 드래곤인지 잊었어?"

"아, 맞다! 넌 불이지."

"어? 그럼 이사장님, 혹시 라이가 인어국에 안 좋은 영향을 끼치는 건 아닌가요? 태양의 심장처럼요."

"이 녀석은 아직 헤츨링이다. 태고의 신물에 비할 순 없지."

레드와 레드 사이에서 태어난 덕에 성룡에 버금가는 능력치를 지닌 일라이이긴 했지만, 녀석은 아직 200년도 채 살지 못한 어린 드래곤이었다.

"그래도 레드 드래곤이니만큼 신물을 수거하는 덴 별문제 없을 거다. 태양의 심장을 네 것으로 만들려무나, 킬리안. 그게 네가 함께 가야 할 진짜 이유란다."

태양의 심장은 이름처럼 뜨겁게 타오르는 신물이었다. 해서 그것을 소유할 수 있는 이들도 한정적이었다.

라예가르가 태양의 심장의 위치를 파악할 수 있었던 건, 그 신물에 집착했던 어느 레드 드래곤이 쓴 고서 때문이었다.

그는 태양의 심장을 너무나 숭배한 나머지 그것을 찾고자 부단히도 노력을 했다고 한다.

하나 마침내 신물의 위치를 알아냈을 땐, 레드 일족에 대한 드래곤들의 핍박으로 인해 선뜻 나설 수 있는 상황이 아니었다고 적혀 있었다.

만일 그가 타 일족과의 전투에서 승리했더라면 인어국은 아마 지금보다는 나은 상태였을지도 모른다.

"뭐, 그런 이유라면 내가 꼭 가야겠네. 그 뜨거운 걸 나 말고 또 누가 만질 수 있겠어?"

까칠하게 굴 때는 언제고 일라이가 턱을 들며 짐짓 거들먹거렸다. 그에 살짝 눈살을 찌푸리긴 했지만, 에이단이 염려하며 말했다.

"우리가 선수를 치려면, 오늘이라도 당장 가야 하는 거 아니야?"

"인어국이 더 망가지기 전에 가는 편이 좋긴 하겠지."

"아니. 출발은 사흘 뒤야."

서둘러도 모자랄 판국에 정작 급해야 할 퀸이 단호히 고개를 가로저었다. 그에 친구들이 의아해하자 그가 천장을 가리켰다.

"바율에게도 시간을 줘야지. 처음으로 가족이 다 모이는 순간인데, 그걸 방해할 순 없잖아. 난 괜찮아. 평생을 기다렸는데, 고작 사흘이야. 그러니 바율에겐 아무 말 하지 마."

사흘 뒤면 조국이 바뀔 수 있었다. 먼 옛날, 찬란했던 그 시절로 돌아갈 수 있는 것이다.

바율을 데리고 제 나라로 가는 상상을 수없이 했더랬다.

드디어 그날이 왔다는 게 퀸을 설레게 했다.

Chapter 10.
소풍

1.

바율은 꿈을 꾸는 듯한 기분이었다.

아버지와 어머니가 서로를 바라보시며 환하게 웃고 계셨다. 신이 난 페어리들이 그 주위를 날아다녔고, 세계수의 가지와 이파리들은 흡사 춤을 추는 것처럼 가볍게 산들거렸다.

특별히 먼저 찾지 않는 이상 각자 좋아하는 장소에서 시간을 보내던 사대 정령들 역시 어쩐 일인지 그들 곁을 떠나지 않았다.

그런 녀석들의 표정이 너무나 편안해 보여서 바율은 잠시 의아했지만, 곧 그 이유를 알아차릴 수 있었다. 어머니에게서 흘러나오는 기운이 녀석들에게 영향을 미친 것이다.

그 힘은 자신과 비슷한 듯하면서도 달랐다. 그저 짐작일 뿐이지만, 아마도 정령계가 멸망한 후에도 살아남은 유일한 정령이시기에 그런 게 아닐까 싶었다.

이 세계에서 온전한 정령은 어머니와 녀석들뿐이었다. 바율에게 전대 정령왕의 힘이 내재되어 있긴 하나, 그는 엄연한 인간이었다.

어쩌면 사대 정령들은 자기들과 같은 정령인 어머니에게서 가족 같은 친밀감을 느끼는 것은 아닐까? 혹은 그에 준하는 어떤 무언가를 말이다.

지금 모습을 보면 어머니와의 첫 만남 때 녀석들이 긴장했던 게 마치 거짓말 같았다.

다만 녀석들이 이렇게 한데 모여 있음에도 한없이 평화스러우니 바율은 약간 어색하기도 했다.

이쯤에서 이노센트와 템페스타가 당장이라도 서로 물귀신이니 멍청이니 하며 다툴 것만 같은데, 그러긴커녕 오히려 같은 나뭇가지에 자리를 잡고 앉아 배시시 웃고 있었다.

사흘 뒤 어머니께서 정령계로 돌아가시면 녀석들도 본성(?)을 되찾을 테지만, 어쨌든 현재의 안온함이 그리 싫지 않았다. 아니, 행복했다.

바율이 주로 하는 일은 대화를 나누시는 부모님의 모습을 멍하니 지켜보는 것이었다. 간간이 두 분께서 뭔가를 물어보시면 간단한 대답 정도를 하는 게 전부였다.

그저 함께 있는 것만으로도 벅차고 기뻐서 뭘 더할 생각을 할 수가 없었다. 바일까지 사람의 모습으로 곁에 있었다면 더 완벽했겠지만, 지금은 세계수의 형태로도 만족했다.

정령계가 복원되는 날, 그 순간이 오면 네 가족이 다시 한번, 제대로 모일 수 있을 것이다.

그러기 위해선 주신을 상대로 한 전쟁에서 반드시 이겨야 했다. 목표 의식이 더욱 뚜렷해져 갔다.

그렇게 시간이 얼마나 지났을까.

"도련님, 식사 가져왔어요."

옥상의 문이 열리고 리타가 나타났다. 어느새 해가 뉘엿뉘엿 지고 있었다. 끼니를 무엇보다 중시하는 녀석이니 결국 참지 못하고 올라온 것이리라.

이베트와의 첫 만남이었다. 그래서인지 리타의 얼굴이 붉게 상기되어 있었다. 말로만 듣던 공작 부인을 처음 보는 것이니 긴장한 기색이 완연했다.

"네가 아리엘의 딸이로구나."

그런 리타의 심정을 알기라도 한 양, 이베트가 부드러운 어조로 먼저 말을 걸었다. 그러자 리타가 깜짝 놀라서는 서둘러 인사했다.

"아, 안녕하세요! 저는 리타라고 합니다!"

바짝 얼긴 했지만, 리타는 용케 제 이름을 밝혔다.

"네가 참 궁금했단다. 이렇게 예쁘게 자라 바율 곁에 있어 줘서 고맙구나."

리타의 엄마인 아리엘과 이베트는 비슷한 시기에 아이를 가졌다. 임신 초기에 남편을 사고로 잃고도 배 속의 아이를 위해 씩씩하게 살아가던 아리엘의 긍정적인 태도는 이베트에게도 큰 감동을 주었다.

마치 친구처럼, 자매처럼 둘은 많은 얘기를 주고받으며 서로의 아기가 건강하게 태어나기를 희망했었다.

그녀가 정령계로 소환당한 뒤에 아리엘이 바율과 바일까지 제 자식처럼 돌봐 주었다는 말을 바일을 통해 들었을 땐, 고마움에 울컥 눈물이 쏟아졌다.

그리고 그런 그녀가 지금은 죽고 없다는 사실에 미안함과 안타까움을 느껴야만 했다.

"이리로 가까이 오겠니?"

이베트의 부름에 리타는 홀린 듯이 그녀에게로 걸어갔다.

"바일이 말하더구나. 바율 옆에는 아버지도 계시지만, 리타도 있으니 걱정하지 말라고."

"바, 바일 도련님이 정말 그러셨어요?"

푹 숙이고 있던 리타의 고개가 번쩍 올라갔다. 녀석의 눈이 금세 그렁그렁해졌다. 바일에 관한 얘기만 들으면 자동으로 틀어지는 수도꼭지였다.

"자라면서 점점 잔소리가 심해지긴 했지만, 누구보다 자신과 바율을 아껴 주던 착한 녀석이라며…… 네가 많이 보고 싶다고, 그리 말했단다."

"도련님……."

결국 리타의 뺨으로 눈물이 주룩 흘러내렸다.

남들에겐 감히 말할 수 없었지만, 바일은 그녀에겐 든든한 오라비와도 같았다.

바율도 마찬가지이긴 하나, 어려서부터 몸이 약해 거의 침실에서만 지냈던 그와는 또 달랐다.

아리엘의 보살핌 속에서 함께 자랐기 때문인지, 바일은 리타를 제 친동생처럼 살뜰하게 챙기곤 했다. 어릴 때는 몰랐지만, 열여덟 살이 된 지금 돌이켜 보면 참 감사한 일이었다.

엄마를 병으로 떠나보내고 슬퍼하던 그녀에게, 세상에 그녀 혼자 남은 게 아니라는 느낌을 준 것도 바일 도련님이었다.

"자기 이야기를 하면 분명 울 거라고 했었는데, 그게 맞았구나."

이베트가 손을 내밀어 리타의 눈물을 닦아 주었다.

"울지 말렴. 바일은 네 웃는 모습이 예쁘다고 했으니까."

그 순간, 무엇이었을까?

리타는 돌연 제 머릿속에서 무언가가 팡 터지는 듯한 느낌을 받았다. 눈물이 멈춤과 동시에 몸과 마음이 차분하고 평온해지는 게, 마치 푹 자고 일어난 듯 기분이 상쾌해졌다.

상급 정령 중에서도 특출한 능력을 자랑했던 이베트의 정화 능력이 발현된 것이었지만, 정령에 무지한 리타가 그것을 알 리 만무했다.

"언제고 우리가 다 같이 하는 날이 올 거란다. 그때까지 내 아들을 좀 더 부탁해도 되겠니?"

"네! 그럼요! 저만 믿으세요! 제가 바율 도련님을 더욱 성심껏 모실게요!"

리타의 목소리 톤이 한층 높아졌다. 어느덧 안경 너머 녀석의 눈동자가 투철한 사명감으로 불타오르고 있었다.

"리타, 난 지금도 충분해."

아니, 솔직히 충분하다 못해 넘쳤다.

바율이 그럴 필요 없다는 양 손을 휘저었지만, 리타의 충성심을 누가 말릴 수 있겠는가.

결국 바율은 저도 모르게 한숨을 내쉬었고, 그런 아들과 리타를 번갈아 바라본 란데르트 공작과 이베트는 나란히 웃음을 터뜨렸다.

세계수의 나뭇잎이 유독 심하게 흔들리는 것으로 보아 바일도 저만의 공간에서 함께 웃고 있는 듯했다.

"바세리스."

"응?"

갑자기 제 이름을 부르는 아내의 음성에 공작이 애정 가득한 눈길로 그녀를 돌아보았다.

그 역시 바율처럼 때때로 지금이 현실인지 허상인지 헷갈렸다. 그녀의 허리에 팔을 감고 제 몸에 바싹 당겨 안고 있음에도 다시금 이 여인이 눈앞에서 사라져 버리는 것은 아닐까 두려웠다.

"우리 내려가서 다 같이 식사해요."

"…같이?"

"네. 예전처럼요."

예전이라고 하니 기억나는 장면이 하나 있었다.

아름다운 아내의 모습을 넋을 놓고 바라보던 수하들과, 포도주를 마시곤 붉어진 얼굴로 방긋방긋 미소를 짓던 이베트.

그의 질투심이 폭발하여 만찬을 중간에서 끝내 버린 게 한두 번이 아니었다.

그런데 그걸 또 하자는 것인가.

"바율의 친구들이 궁금해요. 돌아가면 바일에게 많은 얘기를 해 주고 싶거든요."

"…아, 그래야지."

란데르트 공작은 또 한 번 스스로에게 한심함을 느끼며 고개를 끄덕였다.

아내를 너무 오랜만에 만난 탓인지 그답지 않게 놓치는 것들이 생겼다. 그녀만 보면 정신을 놓았던 지난날과 달라진 게 전혀 없었다. 나이를 대체 어디로 먹은 건지, 저 자신이 바보 같았다.

"내려가자꾸나."

공작의 명에 가장 먼저 움직인 건 리타였다. 그녀가 빛과 같은 속도로 아래층을 향해 내달렸다. 옥상 문 건너에서 음식을 든 채 대기 중이던 마족 삼 형제가 그 뒤를 빠르게 쫓았다.

2.

팔레즈 호텔 레스토랑에 비상이 걸렸다. 엄청나게 중요한 손님이 오셨으니 으리으리한 만찬을 대령해야 한다는 리타의 선언이 있었기 때문이다.

리타는 호텔의 직원도 아니거니와 전문 요리사도 아니었다. 물론 그 실력이야 두말하면 입 아플 소리였지만, 엄밀히 따지면 그녀의 위치는 바율의 전담 하녀였다.

그런 그녀가 랑트에만 오면 호텔 주방 구조가 기이하게 바뀌었다. 수석 주방장이 버젓이 존재함에도 모든 이들이 리타의 뜻에 따라 굴러가게 되는 것이다.

재밌는 점은 그에 대해 수석 주방장은 물론, 그 누구도 불평하지 않는다는 사실이었다. 시커먼 덩치 셋을 데리고 주방을 진두지휘하는 리타의 모습은 언젠가부터 굉장히 자연스러운 한 형태로 자리 잡았다.

"어머니. 이쪽부터 퀸, 라이, 에이단, 라나사, 로건이에요."

본격적인 식사에 앞서 바율은 어머니에게 친구들을 소개했다. 로건과 라나사는 사촌이란 설명을 덧붙이자 이베트가 어쩐지 닮아 보였다며 미소를 지었다.

"바일이 네 얘기를 한 적이 있었지. 로건, 만나서 반갑구나."

"…녀석을 살려 주셔서 고맙습니다."

로건의 목소리가 잘게 떨렸다. 아직도 완전히 죄책감에서 벗어나지 못한 탓이다.

하지만 이제 더는 무너지지 않았다. 비록 정령계에 있지만, 바일이 살아 있다는 사실은 로건에겐 무엇과도 바꿀 수 없는 큰 기쁨이었다.

"우린 굳이 인사를 따로 나눌 사이는 아니니 넘어가도 좋아."

음식을 두고 빠질 위인들이 아니었다. 마황과 데스는 마치 여기가 자기들이 있어야 할 곳이라는 듯 당당하게 앉아 있었다. 거기에 마침 랑트를 방문한 라예가르와 만월 기사단인 이언과 헤이즈, 사다드도 참석했다.

클라라를 비롯한 세 꼬맹이들은 이야기를 나누는 데 방해만 될 것이 뻔하기에 라피트와 젬마가 데리고 아예 관광을 나섰다.

작은오빠랑 헤어지기 싫다며 떼를 쓰던 클라라가 단숨에 변심한 이유는 셰임 때문이었다. 친절한 그가 바율을 위해 친히 안내를 자처하고 나선 것이다.

땅의 정령의 등장에 눈이 휘둥그레진 꼬맹이들은 더는 엄마, 아빠가 보고 싶다고 울먹거리거나 징징거리지 않았다.

참고로 템페스타는 바율의 부탁을 받고 베르가라에 서찰을 전하러 가고 없었다. 녀석이 옥상에서 내려오지를 않은 탓에 계획을 뜻대로 진행할 수 없어 애를 먹던 사다드는 그제야 안도할 수 있었다.

　그런 제 속도 모른 채 웃고만 계시는 주군을 볼 때마다 원망스러운 마음이 조금 들기도 했지만, 한편으로는 이제라도 이런 모습을 볼 수 있어서 다행이라 생각하기도 했다.

　아주 오래전에 몇 번밖에 뵈지 못하였지만, 공작 부인은 여전히 아름다우셨다. 그녀의 눈부신 미소는 주변 분위기까지 부드럽게 만들고 있었다.

　"어머니, 이분은⋯⋯."

　바율이 마황과 데스를 넘어 라예가르를 설명하려 할 때였다. 그보다 이베트의 입이 먼저 열렸다.

　"고귀하신 분을 이렇게 뵙게 되는군요. 이베트, 또는 아그니스라고 합니다."

　이베트는 고룡인 라예가르에게 최대한의 예를 표하며 인사했다. 정령과 드래곤 사이에 계급 관계가 형성될 수는 없지만, 수천 년의 세월을 살아온 이에 대한 정중함의 표현이었다.

　"나 또한 반갑군. 정령계가 멸망하고도 유일하게 살아남은 정령을 만나게 되어서."

　"저희도 정말 뵙고 싶었습니다!"

　"듣던 대로 굉장한 미인이세요!"

　일라이와 에이단이 마치 기다렸다는 듯이 복창했다. 말

이 없는 건 라나사와 퀸뿐이었다. 그러나 둘 역시 친구들 못지않게 상당히 들떠 보였다.

개중에서도 퀸은 이런 표정도 지을 수 있었구나 싶을 정도로 낯선 얼굴을 하고 있었다.

그도 그럴 것이 퀸에게 이베트는 바율의 어머니이기도 하지만, 그 이전에 정령, 그것도 물의 정령이었다. 인어족인 그에게 그녀만큼이나 반가운 존재는 있을 수가 없는 것이다.

귀여운 사고뭉치 이노센트와는 다른, 강력한 물의 기운이 퀸으로 하여금 바닷속에 들어와 있는 듯한 착각마저 불러일으켰다.

물과 가까워지면 퀸의 머리 색과 눈은 더욱 짙은 빛깔로 변하곤 했다. 그 때문인지 그의 머리카락과 눈동자가 평소보다 진해져 있었다.

바다의 신이 있다면 이런 모습이 아니었을까?

친구들은 절로 그런 생각이 들었다.

"그러고 보니, 대양의 눈이 결국 한곳에 모였네요."

물의 정령인 이베트에게도 인어족인 퀸은 특별할 수밖에 없었다. 에이단과 일라이를 향해 미소 짓던 그녀가 이윽고 퀸에게 시선을 집중했다. 신물 덕분인지 퀸에게서 엄청난 물의 기운이 느껴졌다.

"고맙구나."

이베트는 먼저 고맙단 말부터 건넸다. 앞뒤가 잘린 갑작스러운 인사였지만, 그에 담긴 의미를 모두가 알아들었다. 퀸이 바율을 되살렸던 일에 관해 이야기하는 것이었다.

"해야 할 일을 했을 뿐입니다. 저 역시 공작님과 이사장님이 대양의 눈을 내어 주신 덕분에 살 수 있었고요."

"그건 본래가 인어국의 것이었지."

"알고 있습니다. 제 조상님께서 이걸 전대 물의 정령왕이신 다프네그란데 님께 갖다 바친 것까지도요."

"그걸 다프네에게 줬다고? 왜?"

식사 중이던 마황의 움직임이 뚝 멈췄다.

안 그래도 다 먹고 난 후에 이베트에게 그녀에 대해 물으려던 참이었다. 그가 예고도 없이 불쑥 튀어나온 옛 연인의 이름에 민감하게 반응했다.

"…모르셨습니까?"

퀸뿐 아니라 다들 의아한 기색이었다. 둘도 없는 사이였다고 하니, 당연히 그녀가 크루델리스에게 말했을 거라고 생각한 것이다.

"지금 그게 중요한 게 아니지 않나? 네 조상이라면 인어족이란 건데, 그래서 그놈이 다프네에게 그딴 걸 왜 준 거지?"

순식간에 퀸의 조상은 '놈'이 되었고, 태고의 신물은 '그딴 것'이 되었다.

뿐이랴. 마황에게서 냉혹한 한기마저 스멀스멀 피어올랐다. 아직 퀸은 아무 말도 하지 않았거늘, 그는 불쾌한 티를 숨기지 않았다. 마치 무언가 짐작 가는 게 있기라도 한 것처럼.

"왜 말이 없어? 인어족이 물의 정령왕을 만났다면 친화력이 상당했었을 거고, 계약까지 했었나? 설마 다프네의 미모에 반해 그 반지를 주면서 청혼이라도 했어?"

"⋯⋯!"

친구들은 다 같이 약속이라도 한 듯 동시에 흠칫 몸을 떨었다. 어떻게 퀸의 한마디로 저기까지 추리해 낼 수 있는 것인지, 새삼 등골이 오싹했다.

"크루델리스 님, 진정하세요."

어느새 레스토랑의 천장과 벽, 그리고 창문까지 하얀 서리가 맺혀 있었다. 이대로 두었다가는 꽝꽝 얼다 못해 깨지고 말 것이다. 일행은 지금이 여름이란 사실이 믿기지 않았다.

크루델리스는 바율이 그를 처음 보았던 그 날처럼 섬뜩한 표정을 짓고 있었다.

이베트는 못 말린다는 듯 한숨을 푹 내쉬며 설명했다.

"다프네 님은 그냥 신물이 필요했을 뿐입니다."

"…그러니까, 그 망할 인어 놈이 다프네에게 사심이 있었다는 건 사실인 거네?"

"다프네 님이 그 마음을 거절하셨다는 점도 명백한 사실이죠. 천족과의 싸움을 준비하는 도중만 아니었다면, 대양의 눈 역시 받지 않았을 겁니다."

바율과 친구들은 이번에도 뜨끔했다. 대차게 까 놓고 신물만 날름 챙겨 갔다며 뒷말을 했던 게 떠오른 탓이다. 그땐 설마 이런 깊은 속사정이 숨어 있을 줄은 전혀 짐작조차 하지 못했다.

"그분은 언제나 크루델리스 님뿐이었어요. 그건 옆에서 모신 제가 증명할 수 있습니다."

"…네가 그렇다면야."

이베트의 마지막 말에 마황의 노기가 사르르 풀렸다. 그녀가 다른 마음을 품을 성격이 아니라는 건 그 또한 알고 있었다. 실내의 온도가 언제 그랬냐는 듯 금세 원래대로 돌아왔다.

"아 씨, 음식이 다 식었잖아!"

그러자 이번에는 데스가 문제였다. 냉기가 사라졌다지만, 조금 전까지만 해도 딱 먹기 좋은 냄새를 풍기던 요리들이 푸르뎅뎅하게 변해 있었기 때문이다.

네가 감히 리타의 음식을 망쳐?

형을 향해 서슴없이 분노를 드러내는 데스는 폭동이라도 일으킬 태세였다.

"오늘의 메인 메뉴 나갑니다!"

그때 마침 주방으로부터 리타의 목소리가 들려왔다. 그건 데스에겐 흡사 진정제와도 같았다. 삽시간에 순한 양으로 돌변하며 얌전을 떠는 그의 모습은 순간 일행에게 할 말을 잃게 만들었다.

리타 앞에선 늘 작아지는 데스이긴 하지만, 어째 갈수록 더 심해지는 느낌이랄까.

"저렇게 리타한테 어쩔 줄 몰라 하니, 녀석이 황태후 마마의 지병까지 치료할 수 있었던 거겠지."

"그 능력을 언제까지 숨길 수 있을까?"

"나도 모르겠다."

"이러다 곧 들통날 것 같아."

친구들은 걱정이라는 듯 설레설레 고개를 저으며 작게 속닥거렸다.

"헤헤. 영주님, 마님! 많이 많이 드세요!"

리타는 헤실헤실 웃으며 란데르트 공작과 이베트 앞쪽에 직접 커다란 접시를 내려놓았다.

"마님께서 포도주를 좋아하셨다고 엄마한테 들은 적 있

었거든요. 그래서 일부러 어울리는 음식으로 준비했습니다!"

김이 솔솔 올라오는 요리의 정체는 소고기 스테이크였다. 그것도 엄청나게 큰.

"이건 제가 바로 발라 드릴게요."

리타는 주방 일로도 바쁠 텐데, 손수 나서서 고기를 먹음직스럽게 해체했다. 양손으로 나이프를 다루는 솜씨가 어찌나 야무진지 다들 그녀에게서 눈길을 떼지 못했다.

소고기라면 환장하는 데스는 개중에서도 심했다. 그는 대단한 작품을 감상하기라도 하는 양 얼빠진 얼굴로 입을 쩍 벌리고 있었는데, 침이 흐르지 않는 게 용했다.

"여기, 드세요."

오늘의 주인공은 단연 이베트였다. 리타는 가장 먼저 그녀의 접시에 고기를 덜었다. 이어 란데르트 공작과 바율, 친구들과 라예가르, 만월 기사단에게도 골고루 나누어 주었다.

"고기가 진짜 실하더라고요. 부족하신 거 있으면 언제든 말씀 주시고요!"

제 할 일을 마친 리타는 다음 요리가 급하다면서 다시금 주방으로 쌩 돌아갔다.

"뭐야? 지금 나 빼먹은 거야?"

자신의 차례가 오기만을 숨죽이고 기다리던 데스는 망연 자실한 표정이었다. 요즘 그나마 잘 챙겨 주던 리타였기에 그의 실망은 이만저만이 아니었다.

반면 마황은 아무렇지도 않게 남은 고기 전부를 서둘러 제 접시로 가져와 감탄하며 먹어 댔다.

"여기요."

사다드는 누가 시킨 것도 아닌데 재빨리 제 고기를 데스 에게로 건넸다. 왠지 그래야만 오늘의 만찬이 무사히 끝날 수 있을 것 같았기 때문이다. 이건 주군을 위한 희생이었다.

"리타가 지금 정신이 좀 없어서 이쪽에 신경을 못 쓴 모 양입니다. 이해하세요."

"그래…… 그런 걸 거야."

다행히도 사다드의 위로가 먹혔다. 데스가 어울리지 않 게 처연한 말투로 중얼거리더니 고기를 입으로 가져갔다.

그런 그의 얼굴은 곧 황홀 속으로 빠져들었다. 이제껏 먹 었던 그 어떤 고기보다도 맛있었기 때문이다. 겨우 고기 한 조각에 그의 기분은 금방 나아졌다.

"저…… 저도 한잔 부탁드려도 될까요?"

공작이 아내에게 포도주를 따라 주고 병을 내려놓으려 할 때였다. 이제껏 조용히 있던 라나사가 용기 내어 청했 다.

"술을 마시겠다고?"

란데르트 공작의 물음에는 넌 아직 학생이 아니냐는 저의가 깔려 있었다.

"아버지, 라나사는 이미 성인이에요."

"아, 참. 그렇지."

라나사가 2년 늦게 아카데미에 입학했다는 건 공작도 익히 아는 사실이었다. 단지 바율과 친구로 지내다 보니 이따금 그걸 깜빡하곤 했다.

"그래, 그럼 별문제 없겠구나. 받아라."

공작은 흔쾌히 병을 들어 라나사의 잔에 포도주를 따랐다.

"감사합니다!"

만월 기사단이 되기만을 꿈꾸는 라나사였다. 그리고 지금 이건 무려 그 기사단의 단장이 직접 따라 주는 첫 술이었다. 그것만으로 라나사는 구름 위를 걷는 듯한 기분이 되었다.

"그럼 우리 같이 건배할까?"

그런 라나사가 귀여웠는지 이베트가 미소를 띤 채 그녀에게로 잔을 들었다. 그 간단한 제안에도 라나사가 뺨을 붉히며 조심스럽게 손을 내밀었다.

챙!

얇은 유리가 듣기 좋은 울림을 생산했다. 그리고 두 여인은 마치 짜기라도 한 듯 단숨에 잔을 비웠다.

"이베트."

"라나사, 천천히 마셔."

"그러다 취할라."

놀란 공작과 친구들이 한마디씩 했지만, 그녀들은 씩 웃을 뿐이었다.

"오랜만에 마시니까 진짜 맛있네요. 이 맛이 그리웠거든요."

"설마 술이 나보다 더 그리웠던 건 아니겠지?"

"바세리스. 그런 말이 어디 있어요. 당연히 아니죠."

"날 보는 시간보다 이 포도주를 보는 시간이 더 긴 것 같아서 하는 소리야."

란데르트 공작은 볼멘소리로 투덜거렸다. 그러면서도 아내의 입에는 잊지 않고 고기를 채워 넣고 있었다. 오물오물 씹는 이베트의 모습을 보는 그의 두 눈에선 당장이라도 꿀이 뚝뚝 떨어질 듯했다.

'헐! 선배! 단장님 눈 보셨어요?'

'응, 봤지.'

'저는 오늘 알았습니다.'

'뭘?'

'단장님도 남자라는 사실을요.'

'참 빨리도 알았다.'

헤이즈는 보지 말아야 할 것을 본 사람처럼 머리를 세차게 가로저었다. 이건 아이작과 클로에의 애정 행각을 목격했을 때보다 더 충격적이었다.

선배들이 단장님은 더하면 더했지, 덜하진 않았다는 말을 했을 때도 믿지 않았건만.

자신의 주군이 이 많은 이들 앞에서 저런 닭살 발언을 아무렇지도 않게 내뱉는다는 것이 그녀로선 너무나 아연했다.

그에 반해 오히려 바율과 친구들은 담담했다. 바율은 이미 옥상에서 면역을 키운 상태였고, 라나사와 로건, 그리고 에이단은 집에서 자주 접하던 장면이었기 때문이다.

퀸과 일라이는 인간이 아니라 별 감흥이 없는 건지 그저 저런가 보다, 하고 생각하는 듯했다.

어쩌면 기분이 좋아 아무래도 괜찮은 걸지도 몰랐다. 기실 퀸은 충만한 물의 기운으로 인해 컨디션이 최고조였고, 일라이는 오랜만에 아버지와 함께하는 식사 자리였다. 녀석은 급기야 공작을 따라 라예가르의 접시에 음식을 퍼 나르는 지경까지 이르렀다. 그럴 때마다 라예가르는 일라이의 머리를 쓰다듬어 주며 고맙단 말을 잊지 않았다.

어느덧 만찬이 시작된 지도 두어 시간이 지났다. 초반의 위험했던 고비를 빼고는 즐거운 대화가 오가며 줄곧 화기애애한 분위기가 이어졌다.

포도주를 잔뜩 마신 이베트는 예전처럼 양 볼이 붉게 달아올랐다. 공작의 눈에는 그마저 마치 잘 익은 달콤한 과실 같았다.

그래서일까. 자꾸만 손이 그녀의 뺨으로 자석처럼 올라갔다.

이베트의 살결은 여전히 비단처럼 곱고 부드러웠다. 그녀의 얼굴과 목에 입을 맞추고 싶은 강렬한 충동이 공작을 또다시 시험에 빠뜨렸다.

18년이 지난 지금에도 아내는 여전히 그를 정신 못 차리게 하는 여인이었다. 둘만이 아니라는 것이 공작을 심히 답답하게 했다.

실로 고문과도 같은 시간이었다.

"밤이 깊었네요."

그런 주군의 심경을 눈치라도 챈 것일까. 돌연 사다드가 창밖을 보며 몸을 일으켰다.

"전 처리할 일이 있어서 먼저 가 봐야 할 것 같습니다. 곧 레스토랑도 문 닫을 시간이고요."

"아, 그러네. 벌써 시간이 이렇게 되었네요."

"꼬맹이들도 곧 돌아오겠다. 가 봐야겠어! 란데르트 공작 전하, 저는 그럼 내일 뵙겠습니다! 부인께서도 안녕히 주무세요!"

클라라를 잠시 잊고 있었다는 사실에 기함하며 에이단이 부리나케 뛰쳐나갔다. 녀석을 시작으로 다들 자연스럽게 파장에 동참했다.

마황과 데스가 남은 음식을 해치우느라 제일 마지막으로 나가고, 종국엔 공작과 이베트, 바율만이 남았다.

"저도 사다드 경처럼 해야 할 업무가 있어서요. 그리고 내일은 저도 랑트에 온 겸 밀린 일들을 좀 해결해야 할 것 같습니다. 그러니 두 분이서 오붓하게 보내시는 건 어떨까요?"

"우리 둘만 말이냐?"

"네. 오랜만에 재회하신 거잖아요. 방해하고 싶지 않습니다."

"바율, 방해라니. 넌 우리에게 결코 그런 존재가 될 수 없단다."

놀라는 이베트에게 바율은 부러 환하게 웃어 보였다.

"알아요. 대신 마지막 날에는 저와 실컷 있어 주세요. 바일 얘기도 많이 해 주시고요."

바율은 이베트가 뭐라 답하기도 전에 대기하고 있던 직

원에게 눈짓했다. 어서 아버지와 어머니를 객실로 안내하라는 신호였다.

"갑시다."

아들이 선뜻 나서 보내 주는데 마다할 공작이 아니었다. 망설이는 이베트의 손을 잡은 그는 서둘러 위층으로 올라왔다.

그간 무슨 정신으로 참았는지 기억조차 나지 않을 정도였다.

쾅!

문이 닫힘과 동시에 공작이 이베트의 입술을 집어삼켰다.

3.

어느새 랑트에서의 첫날이 지나가고, 이틀째 아침이 밝았다.

이곳에 오면 늘 그렇듯 바율은 바일의 세계수와 함께 하루를 시작하곤 했다. 한낮의 뜨거운 태양이 지표면을 데우고 있었지만, 세계수 아래 그늘만큼은 항시 시원한 바람이 불어 왔다. 그럴 때마다 그것이 마치 저를 위한 형의 배려인 것 같아서 바율은 고마운 마음이 들기도 했다.

"현재 진행 중인 도시 증축 사업에 관한 보고는 여기까지입니다. 사대 정령께서 나서 주신 덕분에 겨울이 오기 전에는 무사히 완공할 수 있을 것 같습니다."

마샬은 똑 부러지는 음색으로 보고를 마치며 서류를 덮었다. 그녀는 지난해 바율이 사다드와 함께 직접 뽑은 랑트의 새로운 관리소장이었다.

몰락한 어느 귀족가에서 집사로 일했던 적이 있는 마샬은 매사에 바율의 기대치를 훨씬 뛰어넘는 능력을 보여 주었다. 특별히 따로 지시하지 않아도 알아서 일을 척척 진행하는 솜씨가 사다드 못지않게 탁월했다.

이십 대 후반이란 젊은 나이 때문에 관리소장을 맡기기엔 조금 부족하지 않을까 내심 고민했던 게 허무할 정도로 그녀는 완벽에 가까운 역량을 발휘하고 있었다.

심지어 미모까지 타고난 그녀는 관리들 사이에서도 인기가 좋다고 들었다.

"마샬 덕분에 제가 할 일이 부쩍 줄었네요. 이거, 성과급이라도 드려야겠습니다."

"급여라면 지금도 이미 능력 이상으로 받고 있습니다. 과찬의 말씀입니다."

그녀가 랑트의 관리소장에 자원했던 일차적인 이유는 높

은 임금 때문이었다. 거기에 정령 도시라 불리는 신비한 이미지 역시 그녀의 호기심을 당겼다.

솔직히 그녀는 평생 이런 날이 올 거라고 생각도 하지 못했다. 영지도 영지지만, 란데르트 공작과 백작 부자를 이토록 가까이에서 뵐 수 있는 것 자체가 더없는 영광이었다.

"아뇨. 제국뿐 아니라 타국에서도 관광객이 이리 몰려드는데 랑트가 제대로 돌아가는 건 분명 마샬이 그만큼 노력했다는 증거겠지요. 그러니 사양하지 마십시오."

바율은 박한 영주가 되고 싶지 않았다. 그가 아래 직원들의 노고를 치하할 방법은 상여금을 주는 것뿐이었다. 그리고 다행히 그들도 그것을 가장 좋아했다.

"그럼 감사히 받겠습니다."

마샬은 더 거절하지 않고 허리를 숙여 감사를 표했다.

"아, 마지막으로 한 가지 더 말씀드릴 게 있습니다."

"네, 뭔가요?"

"영주님의 돌상 말인데요."

"그 돌상은……."

'이제 그만 제작하는 게 좋지 않겠습니까?' 하고 의중을 전달하려던 순간이었다. 하지만 그보다 마샬의 말이 더 빨랐다.

"이번에 디자인을 조금 새롭게 바꿔 보았습니다."

"…디자인을요?"

"네. 물론 전의 것도 훌륭했지만, 아무래도 찾는 사람들이 많아지는 만큼 좀 더 세밀하고 정교하게 다시 제작하는 건 어떨까 싶어서요. 매해 다른 디자인의 돌상을 사은품으로 준비하는 방법도 관광객 유치에 도움이 될 듯합니다."

"그러니까, 매년 다르게…… 말입니까?"

"네, 영주님. 우선 견본으로 몇 개 만들어 보았는데, 지금 바로 가져올까요?"

바율은 표정 관리를 하기가 매우 힘들었다. 그러잖아도 전부 치워 버리고 싶었거늘, 이젠 없애긴커녕 해마다 매번 바뀌는 제 모습과 마주해야 할 형편이었다.

놀랍게도 그의 돌상은 관광객들 사이에서 그 인기가 가히 폭발적이었다. 그 수입을 통해 영지민들을 배 불려 주고 싶은 바율로서는 비록 수치스러울지언정 제작 중단을 강하게 밀어붙이기가 어려웠다.

이렇게 된 거 최대한 제 돌상과 마주하지 않기를 바랄 뿐이다.

"아닙니다. 마샬이 어련히 알아서 잘하시겠죠."

그러니 절대 가져오지 마십시오.

되도록 오래오래 보고 싶지 않습니다.

바율의 바람을 알아차린 것인지 그녀가 고개를 끄덕이곤

옥상 문을 가리켰다.

"하면 이제 출발하실 건가요? 준비는 일찍이 마친 상태입니다. 아마 지금쯤이라면 다들 아래층에서 기다리고 계실 거고요."

"저만 편히 쉬러 가서 죄송하네요."

"여름 방학이니 영주님께서도 좀 쉬셔야지요. 여긴 걱정마시고, 즐겁게 다녀오십시오."

한 시간 전까지만 해도 바율은 오늘 온종일 호텔에서 업무와의 싸움을 하리라고 생각했었다.

하지만 뜻하지 않게 랑트로 함께 오게 된 친구들과 녀석의 동생들 때문에 소풍을 떠날 수밖에 없는 상황에 처하고 말았다.

정확하게는 그중에서도 클라라 때문이라고 할 수 있었다. 녀석이 셰임은 물론이거니와 다른 정령들까지 불러 달라 생떼를 쓰는 바람에 한바탕 난리가 난 것이다.

녀석을 잘 구슬려서 세계의 문을 얻어야 하는 바율 입장에선 되도록 잘 보여야 할 필요성이 있었다. 그래서 클라라를 달랠 겸, 차라리 이 기회에 다 같이 놀러 가기로 결정을 내렸다.

"그러면 이따가 뵙도록 하지요."

바율은 살짝 묵례한 후 바로 옥상 문 쪽으로 향했다.

"제가 모시겠습니다."

건물 안으로 들어서자 언제 왔는지 이언이 대기하고 있었다. 그가 바율의 뒤로 보이는 마샬에게 눈인사를 건네고는 앞장서 내려갔다.

4.

"꺄아악! 이노센트!"

비명과도 같은 웃음소리가 끊이지 않고 계곡 사이로 울려 퍼졌다. 계곡의 낮은 물가에서 뛰어노는 세 꼬맹이들을 향해 이노센트가 물벼락을 날릴 때마다 흘러나오는 소리였다.

평소에 짐짓 점잔을 떨던 세드릭도 이럴 때 보면 영락없는 어린아이였다. 온몸이 물에 젖은 채로 뭐가 그리 좋은지 까르르거린다.

황궁에서 으르렁거리며 싸웠던 게 허상이었나 싶을 만큼 세 꼬맹이들은 사이가 좋아 보였다.

그 모습을 에이단과 라나사가 나무 그늘 밑에서 흐뭇한 눈길로 지켜보고 있었다. 젬마는 이노센트에게만 동생을 맡길 수 없다 여겼는지 계곡물에 발을 담근 채 대기 상태였다. 물론 그런 그녀의 얼굴에도 즐거운 기색이 완연했다.

젬마는 더 이상 공간 이동에 대해 생각하지 않는 듯했다. 대마법사인 라예가르가 바람의 정령인 템페스타의 능력 중 일부라고 설명한 것을 녀석은 한 치의 의심도 갖지 않고 믿는 눈치였다.

걱정하실 부모님들을 위해 따로 서찰도 전해 두었다. 녀석들은 아예 이 기회에 랑트에서 여름 방학을 보내기로 결정했고, 곧 본가에서도 식솔들이 도착할 예정이었다.

"스승님! 여기에도 큰 놈이 하나 있습니다! 아까보다 머리 하나는 더 큰 녀석입니다!"

바율은 이번 소풍에 리타도 함께 데려왔다. 녀석의 성격이면 아버지와 어머니의 수발을 들겠다고 이리 뛰고 저리 뛸 게 분명했기 때문이다.

오늘만큼은 부모님의 재회에 방해꾼이 되고 싶지 않았다. 그래서 안 된다는 리타를 고집을 부려서 끌고 왔다.

한데 정작 도착해 보니 그러길 참 잘했다는 생각이 들었다. '안 되는데, 안 되는데'를 중얼거리던 모습은 어디 가고, 녀석은 오랜만의 나들이에 완전 신이 나 있었다.

리타는 바르와 아고스가 맨손으로 고기를 낚을 때마다 소리를 지르며 양동이를 들고 뛰어갔다.

바율의 호위 기사인 이언만 그들과 조금 떨어진 곳에서

홀로 앉아 있었다.

"오늘 저녁은 생선 요리인가?"

"난 고기가 더 좋은데."

"저는 다 좋습니다."

처음 의문을 갖은 건 마황이었고, 고기 타령을 한 건 데스였다. 그 뒤에서 아몬은 아무 상관 없다는 듯 미소를 짓고 있었다.

"홋! 대마족 다섯 명에게 둘러싸인 인간 소녀라."

진즉부터 알고 있었으면서도 라예가르는 새삼 이 상황이 우스웠다. 아들이 인어국으로 떠날 때까지 랑트에 있기로 한 그 역시 이 야유회에 동참 중이었다.

"저 아이가 장차 어떻게 쓰일지 퍽 기대되는군."

"아빠, 그게 무슨 뜻이야? 리타가 미래에 뭘 하는데?"

한데 모여 리타가 준비해 온 주전부리를 주워 먹고 있던 바율과 친구들은 갑작스러운 라예가르의 말에 그를 획 돌아보았다.

"이사장님, 지금 미래를 예언하신 거예요?"

어제부터 라피트의 머릿속을 점령 중인 화두였다. 심드렁하게 일행에 끼어 있던 녀석이 황금빛 눈동자를 빛내며 바투 다가왔다.

"예언자는 내가 아니라고 했을 텐데."

라예가르가 아몬이라면 저쪽에 있다면서 턱짓했다. 그러나 라피트는 선뜻 나서지 못했다. 그로선 암만 생각해도 애플파이 하나에 미래를 점쳐 준다는 게 말이 안 되었기 때문이다. 녀석은 형들이 자신에게 장난을 친 거라 확신했다.

"나는 그저 막연히 뭔가를 느낄 뿐이다. 그것이 뚜렷할 때도 있긴 하지만, 대체적으로는 흐릿한 편이지."

고룡이 되고 나서 얻은 능력의 일부 중 하나였다.

"설마 리타가 위험한 일에 휩쓸리거나 그러는 건 아니겠죠?"

안 그래도 바율은 괜히 저 때문에 리타에게 감당 못 할 큰 힘이 생긴 것 같아 항상 미안했다. 모든 걸 솔직하게 고백할까 싶다가도, 녀석이 어떻게 반응할지 몰라서 망설이게 된다.

"궁금하면 마족들에게 물어보는 게 빠르지 않을까? 너와 달리 리타는 데스의 기운과 상성이 잘 맞다 못해 거의 흡사할 정도다. 이런 현상은 결코 흔하지 않아."

"이건 전에도 말했지만, 내가 의도한 게 아니야. 바율 네게 친화력이 생긴 것도, 너에게 내 능력이 옮아간 것도 난 전부 예상하지 못했던 일이라고."

어제 먹었던 고기 생각에 잠시 행복감에 젖어 있던 데스가 괜히 자기 탓을 하지는 말라는 듯 먼저 선수를 쳤다.

"정말 이랬던 적이 한 번도 없었어요?"

"있었을 것 같아?"

아니, 없었을 것 같다. 틀림없다. 마족이, 그것도 데스 같은 엄청난 마족이 일개 인간에게 이런 호감을 보인 적이 없었을 테니까.

"바율. 리타가 그렇게 걱정되면 그냥 물어보면 되는 거 아니야? 예언가라면서."

라나사는 아몬이 미래를 보기 위해선 수명을 걸어야 한다는 사실을 알지 못했다. 정말로 애플파이 하나만으로 알 수 있었다면 바율은 벌써 아몬에게 부탁했을 것이다. 물론 그는 애플파이에 감동해서 부탁을 들어줄 게 뻔했지만 말이다.

"당분간은 안심하십시오."

망설이는 바율의 기색을 느낀 것일까. 줄곧 리타가 있는 계곡 방향을 향해 자세를 고정하고 있던 아몬이 어깨를 틀며 말했다.

"…안심이요?"

"근데 그 앞에 당분간은 뭡니까?"

"나중에는 안 좋은 일이 생길 수도 있다, 뭐 그런 거예요?"

"아닙니다."

아몬은 고개를 저으며 마저 설명했다.

"저는 가끔 예지몽을 꿀 때가 있습니다. 그건 제 의지로 보는 것이 아니기에 수명을 걸 필요도 없지요. 아주 먼 훗날의 일이 보일 때도 있지만, 대부분은 근 미래입니다."

"그 말씀은…… 아몬의 예지몽에 리타가 나타났단 뜻인가요?"

"맞습니다. 환하게 웃고 있었으니 염려할 필요 없다는 것이고요."

"다행이네요."

적어도 당장은 아무 일 없을 거라고 하니 바율은 절로 한숨이 새어 나왔다. 제 옆에 있으며 온갖 사건을 다 겪은 리타였다. 거기에 지난번엔 엘레오스에게 납치되었던 적까지 있어선지 긴장을 안 할 수가 없었다.

천족이 또다시 어떻게 접근할지 몰랐다. 그러나 그 방식이 어찌 되었든 그때처럼 무방비하게 당하진 않을 것이다.

"문제는 정령입니다."

바율과 친구들이 안도하는 순간이었다. 아몬이 뜬금없이 정령을 거론했다.

"…예?"

"정령이 왜요?"

"조만간 아주 큰일이 벌어질 것 같거든요."

아몬의 음성은 전에 없이 심각했다. 그의 성격 자체가 원래 진중한 편이긴 하나, 이처럼 진지하게 일부러 티를 내는 경우는 없었다.

"무슨 일이 터진다는 거죠? 자세히 말씀해 주시면 안 되나요?"

"사대 정령 모두에게 일어나는 겁니까?"

아몬의 감긴 눈은 계곡에서 물장구를 치고 있는 이노센트 쪽을 향해 있었다.

조금 전까지만 해도 주변에 있던 나머지 세 정령들의 모습은 보이지 않았다. 꼬맹이들의 관심이 온통 이노센트에게 쏠린 틈에 도망간 것 같기도 했다.

"저도 그 이상은 말씀드리기 어렵습니다. 사실 좀 헷갈리기도 해서 말이죠."

"네놈이 헷갈릴 때도 있었어?"

데스가 신기하다는 듯 고개를 모로 기울였다. 여태 단 한 번도 예언을 틀린 적 없는 녀석에게서 이런 모호한 말이 나왔다는 게 특이했다.

바율은 대체 무엇이 헷갈린다는 거냐고 더 캐묻고 싶었지만, 이미 아몬은 입을 닫은 상태였다.

이노센트에게 대관절 무슨 일이 생기는 걸까.

제 얘기를 하는 것도 모른 채 천진난만하게 놀고 있는 녀석을 보니, 바율은 괜스레 가슴이 묵직해졌다.

'설마 인어국에서 뭔 일 나는 건가? 거기로 천족이라도 쳐들어오는 거 아니야?'

'그럼 지금이라도 바율에게 말해야지!'

'이노센트 다치면 어떡해!'

'일단은 조용히 해. 아직 하루 남았어.'

'꼭 나쁜 일이란 법은 없잖아.'

바율에게 말 못 할 사정이 있는 친구들은 불안한 눈빛을 주고받으며 소리 없이 입술만 벙긋거렸다.

인간계와 정령계의 통로가 열린 지 두 번째 되는 날이 그렇게 지나가고 있었다.

〈다음 권에 계속〉

E 이탄 TAN

ORIGINAL FANTASY STORY & ADVENTURE

쥬논 판타지 장편소설

〈흡혈왕 바하문트〉, 〈샤피로〉, 〈하라간〉을 잇는
쥬논의 사대신수 시리즈, 그 마지막 이야기!

혹독한 훈련을 받고 가문을 위한 희생양으로서
다른 차원으로 보내진 이탄.
듀라한으로 다시 태어난 그는 신관이 되어
본래 세계로 돌아갈 방법을 찾기 시작한다.

dream books
드림북스

『제왕록』, 『무림에 가다』 시리즈의 작가 박정수
그가 거침없는 현대 판타지로 돌아왔다!

『신화의 전장』

주먹을 믿지 마라.
우리가 살아가는 이 땅에 인간을 벗어난 자들이 존재한다.

dream
books
드림북스

환생왕

요도 김남재 신무협 장편소설

ORIENTAL FANTASY STORY & ADVENTURE

정체를 알 수 없는 세력들에 의해
비참한 최후를 맞이한
천룡성(天龍城)의 후계자 천무진.
그런 그에게 찾아온 또 한 번의 삶.
그리고 그를 돕기 위해 나타난 여인 백아린.

"이번엔…… 당하지 않는다."

이젠 되돌려 줄 차례다.
새로운 용이 강호를 뒤흔든다!

dream
books
드림북스